그림 속
소녀의 웃음이
내 마음에

그림 속
소녀의 웃음이
내 마음에

선동기 지음

새로운 그림, 따뜻한 이야기로
나를 안아 주는 그림 에세이

❀ 을유문화사

그림 속
소녀의 웃음이
내 마음에

새로운 명화, 따뜻한 이야기로 나를 안아 주는 그림 에세이

발행일
2017년 3월 15일   초판 1쇄

지은이 | 선동기
펴낸이 | 정무영
펴낸곳 | (주)을유문화사

창립일 | 1945년 12월 1일
주소 | 서울시 종로구 우정국로 51-4
전화 | 734-3515, 733-8153
팩스 | 732-9154
홈페이지 | www.eulyoo.co.kr
ISBN 978-89-324-7351-2   03810

시작하며

———◇———

　초등학교 다닐 때 외국 풍경이 담긴 그림엽서 한 장이 집으로 배달되었습니다. 당시 서독으로 근무를 나갔던 자형이 보내 준 것이었습니다. 어떤 내용이었는지 지금은 기억이 가물거리는데 잘 근무하고 있다는 간단한 내용이었던 것 같습니다. 그런데 엽서의 반대쪽에 인쇄되어 있던 독일 항구의 밤 풍경은 아직도 선명하게 떠오릅니다. 그곳은 어린 저에게 별천지였습니다.

　결혼 전 지금의 아내와 연애 중일 때였습니다. 군 복무 중인 둘째 동생을 면회 갔다가 한탄강 강가에 앉아 아내에게 엽서를 써서 보냈습니다. 내용은 특별한 것이 없었지만, 동생을 만난 소회를 담았던 그 엽서를 버리지 않은 아내 덕분에 지금도 가끔 사진첩에 꽂힌 엽서를 통해 이십 대 중반의 저를 만나고 있습니다.

　해외 출장이 끝나고 자투리 시간이 남으면 인접해 있는 나라로 넘어가 혼자만의 여행을 즐길 때가 있습니다. 그런 여행은 구속받지 않는 자유로움과 혼자라는 외로움이 동시에 함께합니다. 그럴 때마다 멋진 풍경

앞에서 엽서를 쓰고 싶었습니다. 내용은 누가 봐도 상관없습니다. 그대가 보고 싶다는, 같이 왔으면 좋았을 것이라는, 그리고 문득 이런저런 생각이 든다는 이야기를 담은 엽서를 누군가에게 보내고 싶었는데 아직 실행에 옮기지 못했습니다.

요즘은 엽서를 쓰는 일도 받는 일도 거의 사라진 것 중 하나가 되었습니다. 순간의 감정을 가게에서 구입한 엽서라는 한정된 지면에 담는 것보다 손에 쥐고 있는 전화기로 사진을 찍어 보내고 직접 말을 건네는 것이 훨씬 더 세련되고 멋진 일이 된 세상입니다. 그렇기에 귓속에서 잠시 머물다 사라지는 말보다는 세월이 지나도 사진첩에 자리를 잡고 있는 엽서가 시간이 지날수록 소중해지고 있습니다.

✎ 우리에게 비교적 생소한 화가들을 블로그에 소개하기 시작한 지 10년이 가까워집니다. 그동안 만났던 수많은 그림 중에는 꼭 기억하고 싶은 작품이 많습니다. 어떤 그림은 커 가는 우리 아이들의 모습을 연상하게 했고, 또 다른 작품은 세상을 향해 탄식하게 했습니다. 풍경을 담은 그림을 보면 여행하는 기분이 들기도 했고, 만만치 않은 삶과 정면으로 맞서고 있는 사람들을 만나면 저도 모르게 응원의 소리가 터져 나왔습니다. 그림 속에는 인생의 많은 부분이 담겨 있었지요. 그러다가 문득 엽서가 떠올랐습니다. 한쪽 면에는 간직하고 싶은 명화를 담고 반대편에는 짧은 그 순간의 감상을 담은, 그런 모습의 엽서였습니다. 그렇게 저만의 그림엽서를 쓰기 시작했고 이렇게 한 권으로 엮이게 되었습니다.

이제 다시 엽서를 써 볼 계획입니다. 긴 이야기도 좋지만 저는 짧은 이야기가 아직은 좋습니다. 이야기를 길게 하는 재주가 부족하기도 하지만 바쁘게 살다 보니 긴 호흡을 잊어버린 까닭도 있습니다. 이렇게 시작하다 보면 언젠가는 긴 호흡으로 말할 수 있겠지요. 훗날 그렇게 그림을, 세상을 보고 싶습니다.

이 시대의 문법에 이런 종류의 이야기들이 맞는 것인지 알 수 없지만, 그림이 그렇게 말하라고 시키기도 했고 저 역시 그렇게 하고 싶었습니다. 저의 그림 이야기를 엮어 주신 을유문화사 모든 분께 고맙다는 인사를 올립니다. 이번에도 꼼꼼하게 내용을 살펴 준 아내는 여전히 저의 가장 든든한 지원군입니다. 아울러 세 권의 책을 내 보겠다고 부모님께 약속했던 것을 지킬 수 있어서 다행입니다. 아울러 올봄, 우리의 새로운 식구가 되는 오제현 군을 위한 환영의 선물이 되기를 기대합니다.

선동기

contents

둘.
가족 그리고 관계에 관한 고찰

가족 ◇

관계 ◇

셋.
그리움과 사랑, 그 찬란함

그리움 ─────────────────────────◇

사랑 ─────────────────────────◇

넷.
너른 세상, 커다란 꿈

세상 ───────────────◇

꿈 ──────────────◇

다섯.
욕망과 슬픔의 아리아

욕망 ──────────────◇

여섯.
마음과 쉼에 관하여

쉼 ─────────────────────◇

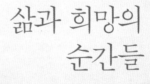

하나.

삶과 희망의
순간들

희망

슬픔은 우리의 일상입니다.
그리고 슬픔의 끝은
희망입니다.

알베르트 에델펠트

슬픔
Sorrow

Oil on canvas | 69×106cm | 1894

눈물을 흘리고 있는 여인과 그녀의 손을 말 없이 잡아 주고 있는 침통한 표정의 사내를 만났습니다. 터지는 눈물을 참는 사내의 얼굴은 붉게 달아올랐습니다. 그들의 사연을 들어볼까요? 두 사람은 결혼을 약속한 사이였습니다. 그렇지만 너무 가난해서 우선 돈을 모아야 했고, 어쩔 수 없이 두 사람은 각자 헤어져 아침부터 저녁까지 일을 했습니다. 그리고 6년 만에 약속한 날, 다시 만났습니다. 남자는 60탈러(고대 독일의 화폐단위)를, 여인은 90탈러를 모았습니다. 이 돈이면 작은 집과 소 한 마리를 살 수 있었지요. 그런데 갑자기 사람들을 헤치고 한 사내가 나타나 왕의 칙령을 읽어 내려갔습니다. 전쟁이 치열하니 새로운 돈을 찍어서 오늘부터 사용한다는 내용이었습니다. 순간 6년간 피땀 흘린 수고가 장난감 돈으로 변하고 말았습니다. 그들의 눈물 속에는 세상을 향한 분노와 체념이 녹아 있습니다.

✒ 그렇지만 그들은 그렇게 주저앉지 않을 것입니다. 희망을 품고 있는 한 다시 일을 시작하겠지요. 희망은 비틀거리는 지금의 나를 일으켜 세우는 지팡이 같은 것이니까요. 돌아보면 개인의 삶은 끝없이 슬픔을 이겨 내는 과정입니다. 슬픔 앞에서 일어설 수 없었다면 인간의 진화는 불가능했을 것이라고 보는 학자도 있습니다. 그렇다면 인간의 역사는 슬픔을 극복하는 역사가 됩니다. 세상에 눈물겹지 않은 것이 어디 있겠느냐는 어느 시인의 말처럼 슬픔은 우리의 일상입니다. 그리고 슬픔의 끝은 희망입니다. ◼

알베르트 에델펠트 (Albert Edelfelt, 1854~1905) ✒
핀란드 미술을 세계에 소개한 화가였다. 앤트워프를 거쳐 파리에서 공부한 그는 파리 살롱전에 입상한 최초의 핀란드 화가라는 영예를 얻었고, 파리에서의 활동으로 1900년 파리 만국박람회에 당시 미술의 변방 국가로 인식되던 핀란드 전시관의 설치를 이끌어 낼 수 있었다. 여러 여인과의 염문으로 유명했으며 총 1,400여점의 작품을 남겼다.

알프레드 시슬레

봄의 작은 초원
Small Meadows in Spring

Oil on canvas | 54×73cm | 1881

앙상한 가지마다 잎이 열리기 시작했습니다. 강을 따라 뻗은 산책로에서 벗어나 풀밭 위로 올라온 여인이 걸음을 멈췄습니다. 서 있는 곳에 무수한 흰 들꽃이 피어 있습니다. 아마 꽃 한 송이를 따서 가만히 들여다보는 중인 것 같습니다. 봄을 손바닥 위에 올려놓은 것이지요. 여인 뒤편으로는 역시 산책하는 남녀의 모습이 보입니다. 다리가 아픈지 여인은 벤치에 앉았고, 사내는 그런 여인을 바라보고 있습니다. 풍경 전체가 살아서 꿈틀대는 것 같습니다. 생각해 보면 봄이 시작되면서 온몸에 열이 일어났고, 그 신열들이 모여 세상을 어지럽게 했습니다. 봄은 흔들리는 계절입니다.

✎ 봄은 늘 부산합니다. 겨우내 멈췄던 것들이 다시 움직이는 탓에 몸도 마음도 덩달아 바빠지니까요. 흔히 연초에 1년의 계획을 세운다고 하지만, 저는 대개 봄이 되어서 시작합니다. 겨울부터 봄맞이 준비를 한다 해도 다짐을 적고 꼭 해야 할 일과 하고 싶은 일을 결정하는 것은 뺨에 닿는 바람에서 따듯함을 느낄 무렵입니다. 봄바람이 슬쩍 얼굴을 훑고 지나가는 것만으로도 그 손길에 마음은 순간 무장 해제가 되고 말거든요. 바보는 결심만 한다는 말을 들은 적이 있나요? 실행에 옮기지 못하는 것을 꾸짖는 표현이지만, 결심한다는 것은 목표가 있다는 것과 같은 의미 아닐까 싶습니다. 봄은 흔들리는 계절이죠. 하지만 끝없이 목표가 만들어지는 달이기도 합니다. 올봄, 몇 개의 각오를 세우셨는지요? ✦

알프레드 시슬레 (Alfred Sisley, 1839~1899) ✎

프랑스에서 태어나고 자랐다. 부모의 국적이 영국이었던 그는 훗날 프랑스 국적을 신청했으나 거절당하고 영국 국적으로 남아 있다. 에콜 데 보자르에 입학한 후 미술 공부를 하면서 모네, 르누아르, 바지유와 같은 인상파 화가들과 친구가 된다. 생전에는 900점의 유화와 100여점의 파스텔화를 남긴 그에 대한 평가가 저조했지만, 세상을 떠난 후 위대한 인상파 화가라는 평을 받았다.

나이아가라 폭포

Niagara Falls

Oil on canvas | 101.6×229.9cm | 1857

천천히 흐르던 강은 수직으로 떨어지는 곳이 가까워지자 점점 속도가 빨라졌고, 마침내는 거대한 몸을 아래로 던졌습니다. 아득한 높이에서 떨어지는 순간 푸른 물줄기는 하얀색으로 바뀝니다. 그리고 온몸을 흔드는 소리가 들려왔습니다. 거대한 충돌이었고 물안개가 피어올랐습니다. 끝없이 으르렁거리는 소리 가운데서 피어난 무지개가 저물어 가는 하늘에 걸렸습니다. 그것은 세상 모두를 쓸어버릴 것 같은 몸부림 끝에 다시 피어난 아름다운 꽃이었습니다.

✍ 나이아가라 폭포는 미국 화가뿐 아니라 풍경화에 관심 있는 화가라면 꼭 한번 그리고 싶은 주제 중의 하나였습니다. 나이아가라가 인디언 말로는 '천둥소리'라는 뜻이지만 매년 소녀를 폭포로 떠내려 보냈다는 전설을 듣고 나면 '울음소리' 같기도 합니다. 폭포를 볼 때면 우리의 삶에도 몇 개의 폭포가 있겠다는 생각을 합니다. 천천히 흐르는 강이 다시 빨라지는 것은 폭포를 지날 때입니다. 점차 잃어 가는 동력을 얻는 순간이지요. 추락하는 것은 고통이지만 그것으로 다시 힘을 얻는다면 인생에 한두 개 정도의 폭포가 있는 것도 나쁘지 않습니다. 문제는 추락을 두려워하지 않을 준비가 되어 있느냐는 것이겠지요. 말은 이렇게 해도 저역시 여전히 머뭇거리고 있습니다. ▨

프레더릭 에드윈 처치(Frederic Edwin Church, 1826~1900) ✒

미국 풍경화의 큰 주류를 이뤘던 허드슨강파의 화가였다. 부유한 집에서 태어난 그는 화가로도 성공해서 평생 금전적인 어려움 없이 생활할 수 있었다. 식구들과 장기간에 걸쳐 해외여행을 하면서 수많은 풍경화를 그렸고, 말년에는 오른손이 류머티즘에 걸려 그림 그리는 것이 쉽지 않았음에도 스케치를 멈추지 않았다.

니콜라이 두보브스키

무지개
The rainbow

Oil on canvas | 1892

노를 젓다가 무지개가 뜬 것을 본 어부는 벌떡 배 위에서 일어났습니다. 구름 속으로 사라지는 무지개는 마치 거대한 색색의 불빛들이 땅에서부터 하늘을 향해 오르는 모습입니다. 무지개가 시작되는 곳을 찾으러 떠난 뒤 소식이 없는 사람들에 대한 이야기는 이런저런 문학의 주제였지요. 그림 속 상상일 수 있겠지만, 이렇게 무지개가 시작되는 곳을 만나게 되는군요. 할 수만 있다면 굵고 선명한 무지개를 하늘 곳곳에 걸어 두고 싶습니다. 그래서 어디를 가던 마음이 불편할 때마다 올려다볼 수 있게 하고 싶습니다. 그렇게 되면 더 이상 무지개를 찾아 떠나는 사람도 없겠지요.

✎ 가끔 소나기가 내리고 난 뒤 회사 옥상에 올라가면 무지개를 만날 때가 있습니다. 이 나이가 되어도 하늘에 커다랗게 걸린 무지개를 보면 시인의 표현처럼 가슴이 뜁니다. 항상 그렇게 걸려 있으면 좋겠지만 무지개가 점점 하늘 속으로 녹아드는 속도는 너무 빠릅니다. 무지개를 희망의 상징으로 표현한 글도 읽은 적이 있는데, '희망'이 그렇게 빨리 사라진다면 곤란한 일입니다. 대신 가슴속에 사라지지 않을 무지개 한두 개 정도는 걸어 둘 필요가 있습니다. 간혹 캄캄한 곳에 자신이 서 있다고 생각될 때 가슴을 열면 일곱 가지 색의 무지개가 내 주위를 밝힌다는 상상, 근사하지 않은가요? ▪

니콜라이 두보브스키 (Nikolay Dubovskoy, 1859~1918) ✎

러시아 상트페테르부르크에서 태어났다. 군사학교를 다니던 중에 왕립 미술 아카데미에 입학했으나 중간에 학업을 중단하고 말았다. 아카데미를 그만둔 다음 해, 풍경 화가로 전시회에 참석하며 화가의 길을 걷기 시작했다. 낭만주의부터 상징주의까지 다양한 화풍을 경험한 후 자신만의 화풍을 개발해 러시아의 풍경을 담았다. 훗날 상트페테르부르크 미술 아카데미의 교수로도 활동했다.

요제프 이스라엘스

어부의 귀환을 기다리며

Awaiting The Fisherman's Return

Oil on canvas | 82.5×113.7cm | 1867

날이 밝자 바다로 향한 문을 열어 놓았습니다. 여전히 바다는 소란스러운데 바다로 나간 남자는 아직 돌아오지 않았습니다. 살면서 가장 힘들었던 순간은 내 힘으로 할 수 있는 것이 아무것도 없다는 것을 느낄 때였습니다. 어려움에 처한 사람이 혼자 그 상황을 이겨 내는 것을 지켜볼 수밖에 없을 때 느끼는 무기력은 정말 견디기 힘들었습니다. 지금 여인들이 할 수 있는 것은 아무 탈 없이 남편이, 아들이 돌아오기를 기다리는 것밖에 없습니다. 아직 바닥에 발이 닿지 않는 아이는 엄마의 마음을 헤아릴 나이가 안 되었습니다. 그래서 더 안타깝습니다. 구름이 조금씩 걷혀 가는지 아침 햇빛이 집 안으로 들어왔습니다. 별일 없겠지요.

✎ 희망에 관한 이야기를 자주 듣습니다. 말하는 사람에게는 쉬운 단어지만, 그것을 받아들이는 사람에게는 공허하게 들릴 때도 있습니다. 왜냐하면 희망은 누군가가 나에게 주는 것이 아니라 내가 만드는 것이기 때문입니다. 내가 결심하고 간절하게 바랄 때 희망도 내 것이 되는 것이지요. 그런 의미에서 본다면, "아침이면 같이 나갔다가 하루가 다 가기 전에 만신창이가 되어서 나보다 먼저 숨을 거두지만 그다음 날 다시 살아나서 나를 흔든 것, 그의 이름은 희망이다"라는 파울로 코엘료의 이야기는 정확합니다. 내일 아침에도 저를 흔들 그 손길을 기다려 봅니다. ■

요제프 이스라엘스 (Jozef Israëls, 1824~1911) ✐

처음에는 역사화가로 유명했다. 그러나 병에 걸려 해변 마을에서 요양을 하게 된 그는 어촌과 농촌의 삶을 알게 되었고, 이후 어민들의 고통스러운 삶을 그림에 담기 시작했다. 국제적으로도 명성을 얻은 그는 '네덜란드의 밀레'라고도 불렸으며 19세기 후반, 네덜란드에서 가장 존경받는 화가가 되었다.

희
망

줄리앙 뒤프레

건초 만드는 사람
The Haymaker

Oil on canvas | 66×81.3cm

'으차!' 여인이 건초 덩어리를 쇠스랑으로 찍은 다음 번쩍 들어 올리고 있습니다. 힘을 쓰기 위해 자연스럽게 입이 다물어지면서 팔뚝에는 핏줄이 불거졌습니다. 몸을 돌리는 순간 건초더미들이 바람에 날렸습니다. 여인의 자세는 완벽하고 역동적입니다. 마치 고대 그리스의 '원반을 던지는 사람'이나 '활을 쏘는 헤라클레스'에서 느껴지는 운동감이 있습니다. 건초 덩이를 던지는 모습을 보니 어쩌다 한번 하는 것이 아닙니다. 힘든 일로 붉게 달아오른 여인의 모습은 더 이상 나약한 모습이 아닙니다. 노동은 사람의 정신을 건강하게 만드는 힘이 있다지요. 때문에 일에 몰두하는 모습은 아름답습니다. 생활은 고단하겠지만 여인에게는 건강한 아름다움이 있습니다.

✎ 가끔 일을 피하거나 일을 내팽개치고 숨고 싶을 때가 있습니다. 저는 피할 수 있고 숨어서 되는 일이라면 그렇게 하라고 말을 합니다. 하지만 그렇게 할 수 없다면요? 방법은 없습니다. 견디는 수밖에 없습니다. 견딘다는 것은 보다 나은 단계로 오르는 고통의 시간입니다. '피할 수 없으면 즐기자'는 말이 있지만 실제로 고통을 즐길 수 있는 사람은 많지 않을뿐더러, 또 그렇게 하는 것도 쉽지 않습니다. '할 수 있어!'보다는 '할 수 있을 거야!'라는 각오가 더 현실적이지 않은가요? 물론 무엇을 결정하든 그대의 몫이지만, 지금 이 순간에도 고통을 견디고 있는 수많은 사람이 있다는 것을 기억했으면 좋겠습니다. ▣

줄리앙 뒤프레 (Julien Dupre, 1851~1910) ✒

레르미트, 르파주와 함께 2세대 전원작가라는 평가를 받고 있다. 파리에서 자란 그에게 농촌의 풍경은 좋은 주제였을 것이다. 작품 속 인물 묘사는 아카데믹 화법으로, 배경은 인상주의 화법을 사용하기도 했다. 그를 두고 '관찰자로서는 정확했고 화가로서는 진지했으며, 건강한 직관을 가지고 대상에 대한 인상을 전달하는 예술가'라는 평가가 있었다.

조지 벤저민 룩스

◇

세 명의 최고 병사
Three Top Sergeants

Oil on canvas | 91.4×99.1cm | 1925

참 신나는 장면입니다. 세 사람의 시선이 모두 다른 방향을 향하고 있는데 눈길이 닿은 곳에는 각자의 악보가 있겠지요. 악보에서 눈을 떼지 못하고 노래를 부르는 사람이 있는가 하면 기타를 치면서 동시에 노래를 부르는 사람도 있습니다. 그런가 하면 노래 대신 열심히 플루트를 부는 사람도 있습니다. 이 세 가지가 모여 흥겨운 자리를 만들었습니다. 그림을 보는 내내 음악 소리가 흘러나오는 듯합니다. 모두가 노래만 부를 수도 입을 꾹 다물고 악기만 연주할 수도 동시에 노래를 부르며 악기를 연주할 수도 있지만, 누군가는 노래를 부르고 또 누군가는 악기를 연주할 때 훨씬 아름다운 소리가 만들어질 수 있지요. 문득 서로 다른 곳을 봐도 다른 것을 해도 결국은 하나가 되는 것이 우리 사는 세상인 것인데, 혹시 혼자서 '북 치고 장구 치며 노래'까지 하려고 하는 것은 아닐까 하는 생각이 듭니다.

🖉 노래는 못하지만 성가대 활동을 하고 있습니다. 제가 속한 파트는 베이스라서 새로운 곡을 배울 때는 베이스끼리 모여 파트 연습을 먼저 합니다. 참 재미없는 시간이지요. 노래 전체를 머릿속에 담아야 하는데 그것이 쉽지 않습니다. 어느 정도 연습이 끝나고 나면 모든 파트가 모여 곡 전체를 연습합니다. 그때 비로소 완성곡의 아름다움을 알게 됩니다. 각자 역할에 충실하고 상대방의 목소리에 맞춰 목소리를 조정하면서 곡을 완성해 가는 과정은 늘 즐겁습니다. 우리 세상 모두가 합창단이 되는 것은 불가능한 일일까요? 🎵

조지 벤저민 룩스 (George Benjamin Lucks, 1867~1933) 🖉

펜실베이니아 윌리엄스포트에서 태어났다. 펜실베이니아 아카데미를 거쳐 독일과 유럽의 여러 곳에서 학업과 여행을 끝낸 뒤 귀국해서는 삽화가로 경력을 쌓았다. 사실주의 화풍으로 시작했지만, 그는 인상주의와 후기 인상주의 화풍을 받아들여 자신만의 화풍을 만들었다. 알코올중독 치료를 받을 정도로 애주가였지만, 유머가 있었고 가슴이 따뜻한 사람이었다고 그의 동료들은 그를 평했다.

희
망

블라디미르 오를로프스키

모래톱
Shoal

Oil on canvas

그림의 제목은 모래톱이지만 우리가 가끔 만나는 '모세의 기적'과 같은 길입니다. 깊이가 얕은 바다, 바닷물이 수평선 쪽으로 조금씩 물러가면서 물에 잠겼던 것들이 다시 햇빛 아래에 몸을 드러냈습니다. 길은 잠깐씩 끊어졌지만 결국 아스라이 보이는 바위섬까지 이어지고 있습니다. 그곳에 가면 끝이 보이지 않는 바다를 볼 수 있겠지요. 물속에 숨어 있던 길을 바다가 기꺼이 열어 주는 이유를 과학적 근거가 설명하고 있는데도 그 모습은 여전히 신비롭습니다. 물결의 흔들림과 그 위에서 빛나고 있는 햇빛 그리고 점점 깊어 가는 바다의 모습이 이렇게 표현될 수도 있군요. 도대체 오를로프스키의 표현 능력은 어디까지였을까요?

✍ 살면서 몇 번의 기회가 찾아오는 걸까요? 말하기 좋아하는 사람들은 세 번이라고 하는데, 저는 그 말에 동의하지 않습니다. '지나고 보면 그것이 기회였구나.' 하는 탄식이 나올 때도 있지만 다가올 기회는 지나간 것보다 훨씬 더 많다는 것을 우리는 모르고 있습니다. 목표까지 이어져 있는 길이 항상 햇빛 아래 몸을 드러내고 있는 것은 아닙니다. 물속에 잠겨 있을 때도 있고 밖에 나와 있을 때도 있지요. 혹시 이번에 그 길을 못 찾았다면 다시 물이 빠질 때까지 기다리면 됩니다. 대신 맥없이 앉아만 있을 것이 아니고 물 빠진 길을 걸어 바위섬에 도착하면 무엇을 할 것인가 정도는 고민해야겠지요. 더 좋은 방법이 있나요? 그것은 그대가 결정하면 됩니다. 🖋

블라디미르 오를로프스키 (Vladimir Orlovsky, 1842~1914) ✒

당시 러시아 소속이었고 지금은 우크라이나 영토인 키예프에서 태어났다. 어려서부터 미술에 재능이 뛰어났던 그는 상트페테르부르크 아카데미에서 공부했고 졸업할 때는 금메달을 수상했다. 신중하고 꼼꼼하면서도 자연스러운 그의 풍경화는 대중의 인기를 얻었고 '사실적인 러시아 풍경화 분야에 새로운 지평을 연 화가'라는 평을 받았다.

희
망

조반니 세간티니

숲에서 돌아오는 길

Return from the Woods

Oil on canvas | 1890

눈이 꽤 쌓인 날입니다. 나란히 서 있는 지붕 위에는 눈이 가득하네요. 숲으로 땔감을 찾으러 갔던 여인은 수레를 끌고 집으로 돌아오고 있습니다. 한눈에 봐도 무게가 꽤 나갈 것 같은 커다란 나무 덩어리를 어떻게 혼자서 끌고 왔을까요? 앞서 간 썰매 자국이 선명한데 길옆에 쌓인 눈에는 사람이 지나간 흔적 하나 없습니다. 움직이는 듯한 산의 묘사 때문에 겨울의 차가움 역시 살아 있는 것처럼 다가옵니다. 적막하고 차가운 겨울의 한가운데를 지나가는 여인의 모습은 삶의 의지를 표현하고 있는 것처럼 보입니다. 집을 향해 조심스럽게 걷고 있는 여인의 발걸음이 조금씩 빨라지는 듯합니다. 집집마다 켜 놓은 노란 불빛이 그녀에게 마지막 힘을 주고 있거든요.

✎ 살다 보면 지칠 때가 한두 번이 아닙니다. 가끔은 끝없는 어둠 속에 갇힌 것 같습니다. 그런 상황을 이겨 내는 방법은 각자 다르겠지만, 분명한 것은 적당한 시간이 필요하다는 것입니다. 안타깝게도 한 시간 안에, 하루 만에 벗어날 수 있는 절망은 없습니다. 그렇다면 기다리는 수밖에 없겠지요. 물론 그냥 기다리는 것이 아니라 그 끝에서 만나게 될 새로운 시간을 꿈꾸면서 자신을 다독거리는 것이지요. 엄혹한 겨울을 이겨낼 수 있는 것은 뒤이어 찾아올 따뜻한 봄을 기다리는 힘 때문입니다. 그대는 지금 어떠신가요? 🖼

조반니 세간티니 (Giovanni Segantini, 1858~1899) ✒

오늘날의 이탈리아 북부 아르코에서 태어났다. 어려서 어머니를 여의고 의붓누나와 함께 어려운 생활을 했다. 더 나은 생활을 위해 오스트리아 시민권을 포기하고 이탈리아 시민권을 신청했지만 거절당하는 바람에 그는 죽을 때까지 무국적자로 지냈다. 밀라노에 있는 브레라 아카데미에서 공부한 그는 스위스의 사포닌에 정착하여 풍경화를 그렸고 19세기 후반, 유럽에서 가장 유명한 화가 중 한 명이 되었다.

삶

인생은 순간이고 남는 것이 없다고 한다면
어제와 오늘 우리가 고민했던 것들은
무슨 의미가 있을까요?

마른 강을 가로지르는 아치형 철교 위로 요란한 소리를 내며 기차가 지나가고 있습니다. 화면의 가운데를 가로지르는 검은색 열차와 그것이 뿜어내는 연기로 평온한 풍경에 역동성이 더해졌습니다. 붉은색 다리와 검은색 기차의 또렷한 색상 대비 덕에 먼 거리지만 기차가 달려가는 모습이 선명합니다. 산업화가 진행되면서 빠르게 증가하는 물동량으로 새로 다리를 건설해야 할 필요성이 늘어났을 겁니다. 당시에는 새롭게 건설된 다리를 보러 다니는 여행 프로그램도 있었다고 합니다. 그 무렵 다리와 기차는 화가들에게 좋은 소재가 되었지요. 다리 아래 낚시하는 사람들이 보입니다. 시각을 다투는 기차와 시간을 흘려보내는 낚시가 묘한 대조를 이루고 있습니다. 당신은 어느 쪽에 서고 싶으신가요?

🐟 정신없다는 말을 달고 삽니다. 그만큼 시대가 빠르게 변하고 있다는 이야기겠지요. 일제강점기에 태어나 6.25 전쟁 이후 대학을 졸업하고, 컴퓨터가 사무실에 보급되기 시작한 이후에 은퇴하신 아버지와 얼마 전 점심을 함께했습니다. 그 자리에서 아버지는 당신의 생을 '쫓아가기에 바쁜 삶'이었다고 말씀하시더군요. 여유라는 것을 느끼기 힘든 시간들을 건너오신 것이지요. 그런데 그것은 아들인 제게도 손자인 제 아이에게도 여전히 진행형입니다. 물질의 속도와 마음의 속도는 다른데, 자꾸 마음도 물질의 속도를 따라 빨라지고 있거든요. 이러다가 소중한 것들을 못 보고 지나칠 것 같아 안타깝습니다. 🎨

아르망 기요맹 (Armand Guillaumin, 1841~1927) ✒

파리에서 태어나 삼촌 가게의 점원으로 일하며 미술 공부를 병행했다. 하지만 생계를 위해 철도회사 직원으로 근무하면서 그림을 그려야 했다. 세잔, 피사로와 평생 친구가 되었고 인상파 화가들과도 친분 관계를 유지했다. 나중에 10만 프랑의 복권에 당첨되면서 그림에만 전념할 수 있게 되었다. 고흐가 생전에 팔았다는 작품의 가격이 250프랑이었다고 하던가?

아르망 기요맹

주앵빌에 있는 마른 강 위의 다리

Bridge over the Marne at Joinville

Oil on canvas | 58.7×72.1cm | 1871

점쟁이가 카드 패를 읽는 동안, 자신의 운명이 어떻게 흘러갈 것인지 말해 줄 점괘를 기다리던 여인은 초조함에 눈을 감았습니다. 내가 앞으로 만나는 길이 화창한 길이라도 그것을 미리 안다는 것은 두려운 일입니다. 한 손으로는 점을 보러 온 여인의 손을 잡고 한쪽 어깨는 의자에 걸친 채 조심스럽게 카드를 들여다보고 있는 점쟁이의 얼굴도 진지합니다. 나름대로 이 여인의 앞날을 정리해 주어야 하니 생각이 많겠지요. 아랫부분은 어둡고 몽환적으로 묘사했지만 위로 올라갈수록 밝게 처리한 단순한 배경 때문에 여인들의 표정에 시선이 모입니다. 기왕 시작한 카드 점인데, 점괘가 잘 나왔으면 좋겠습니다.

　　그런데 궁금합니다. 혹시 미리 알았다고 해서 그것이 피해지던가요? 알면서도 하지 않고, 말하지 않는 것이 이렇게나 많은 세상인데요. 지나온 것들은 어쩔 수 없더라도 앞에 남아 있는 것은 나의 의지에 달린 것뿐입니다. 물론 나를 지켜주고 있는 신의 몫도 조금 있겠죠. 삶에 대한 치열함과 이루고자 하는 간절함 그리고 신의 따뜻한 입김이 우리 미래를 만든다는 점괘가 있다면 저는 그것을 믿겠습니다. 혹시 그렇게 했는데도 되지 않는다고 속상해할 것은 없습니다. 틀린 점괘였어도 지키려고 노력한 것은 몸 어딘가에 고스란히 남아 있거든요. 그런데요, 미래가 정해져 있고 우리가 그것을 알 수 있다면 지금의 삶은 어떤 의미가 있을까요? 미래를 알 수 없다는 것, 우리에게는 축복 아닌가요?

토마스 윌머 듀잉 (Thomas Wilmer Dewing, 1851~1938)

파리에서 유학한 후 햇빛과 대기 속에 녹아든 색의 효과를 강조했고 그것을 배경으로 하는 작품을 제작했는데, 이것이 그의 작품의 특징이 되었다. 예술적인 표현의 수단으로 여인을 그림 속에 넣었고 장식이 별로 없는 실내에 있는 여인의 모습이라든지, 친구들과 여름을 보내던 코니시의 풍경이 담긴 작품들을 제작해서 사람들의 호평을 받았다.

점쟁이
The Fortune Teller

Oil on canvas | 40×50.8cm | 1904~1905

손바닥 이리 내! 선생님 말씀에 벌써 눈물이 납니다. 아니, 나는 척하는 것 같습니다. 녀석이 하라는 공부는 안 하고 시험지에 이런저런 낙서만 잔뜩 해 놓았군요. 글씨인가요? 제가 보기에는 그냥 낙서처럼 보입니다. 녀석은 상습범 같습니다. 엉엉대고 우는 모습이 아니고 이것저것 생각하는 눈치거든요. 그걸 알고 있는지 옆에 소녀의 표정은 아주 즐겁습니다. 깨소금이다, 뭐 이런 표정 아닌가요? 그 옆의 작은 아이는 표정이 심각합니다. 안쓰럽게 바라보는 얼굴이 아주 귀엽습니다. 그 뒤에 있는 아이들은 비상입니다. 엎드려 답안지를 고치는 녀석도 있고 시험지를 들고 긴장한 채 서 있는 녀석도 있습니다. 역시 제일 좋은 것은 안 맞는 것이고 그다음은 제일 먼저 맞는 것이죠. 점점 다가오는 공포, 당해 본 사람은 압니다.

　　🐌　사회에 나올 때 좋았던 것들 중 하나는 이제 시험이 없을 것이라는 점이었습니다. 그런데 착각이었지요. 회사는 진급을 위해서 최소한의 자격을 요구했습니다. 어학 성적도 필요했고 담당 업무 관련 개선 리포트도 요구했습니다. 회사가 지정한 도서를 읽고 독후감도 써야 했죠. 일 년 내내 그것들을 준비해야 했습니다. 시험에서 벗어난 것이 아니라 더 깊은 시험의 터널로 들어선 것이지요. 그런데 정작 중요한 인생에 대한 시험은 준비할 틈이 없었습니다. 이제 남은 몇 개의 시험만이라도 준비를 해야겠습니다. 우리는 '시험 인생'인 걸까요? 🖼

얀 스테인 (Jan Steen, 1626~1679) ✒

네덜란드 라이덴에서 태어났다. 위트레흐트에 있는 독일 화가에게서 그림을 배웠고, 라이덴 성루카 길드에 가입하여 화가로 활동을 시작했다. 속담이나 문학에서 가져온 내용에 이야기를 담은 그의 작품에는 네덜란드 사람들의 일상이 더해진 것이 특징이었다. 생전에 800여점의 작품을 그렸으나 지금 전해지는 것은 대략 350점 정도다. 화가라는 직업 말고도 여러 가지 장사를 했지만, 금전적으로 성공하지는 못했다.

얀 스테인

학교 선생님
The schoolmaster

109×81cm | 1663~1665

몇 년 전 읽었던 허정도 선생의 『책 읽어 주는 남편』이 떠오릅니다. 아픈 아내를 위해 그녀 곁에서 읽은 책과 서로 주고받은 이야기 그리고 연결되는 저자의 일상을 담은 내용이었는데, 읽는 내내 가슴이 한없이 편안하고 따뜻해졌습니다. 책을 읽는 남편 옆에 누워 이야기에 따라 웃고 우는 아내의 모습과 그 모습을 바라보고 같이 공감하는 남편의 모습이 그림처럼 떠올랐기 때문입니다. 사랑하는 사람을 위해 책을 읽는 것이 이렇게 좋을 수도 있겠구나, 하는 생각도 들었습니다. 그런데 그림 속 남자는 여인의 얼굴에서 시선을 떼지 못하고 있습니다. 이 고요한 숲, 무엇인들 예쁘고 사랑스럽지 않을까요. 더구나 책 읽는 모습은 언제 봐도 좋은걸요. 살면서 이런 순간도 있어야겠지요.

예전에는 책을 읽는 이유가 정보와 지식을 얻는 것이었습니다. 실제로 책을 구입한 연도를 보면 한동안 지식과 관련된 책이 대부분인 때가 있었습니다. 그런데 어느 날부터인가 책을 읽는 것은 마음을 읽는 것이라는 생각이 들었습니다. 글에 담긴 작가의 마음을 읽고 소설 속 인물의 생각을 읽는 것이었지요. 겪어 보지 못한 세상에 대한 상상과 만나지 못한 사람들의 이야기가 더 중요해졌습니다. 헌데 책을 읽는 것보다 재미있는 것이 사방에 널려 있는 요즘입니다. 어떤가요? 인생을 과연 재미로만 살 수 있을까요? 진중한 삶이 진정 중요한 것 아닐까요?

줄리우스 르블랑 스튜어트 (Julius LeBlanc Stewart, 1855~1919)

'필라델피아 출신의 파리지앵'이라는 말을 들을 정도로 생애 대부분을 파리에서 보냈다. 부유한 가정환경 덕분에 그는 그가 그리고 싶은 내용을 마음껏 그릴 수 있었고, 파리 엘리트 계층의 사람들과 자연스럽게 어울리면서 그들의 모습을 그림에 담을 수 있었다. 그러나 20세기가 되면서 그의 작품을 찾는 사람들이 줄어들었고 1차 세계대전을 목격했던 그는 병을 얻고 미국으로 돌아와 세상을 떠났다.

독서
Reading

Oil on canvas | 91.44×64.77cm | 1884

제법 몸이 커진 강을 따라 걷던 길이 두 갈래로 나뉘었습니다. 한쪽 길은 강을 따라 가는 길이고 또 한 길은 산으로 오르는 길입니다. 강은 산을 넘지 못하고 길은 강을 건너지 못합니다. 그래서 강은 산이 그립고 길은 늘 강을 붙들고 있는 것이지요. 숲 아래로 뻗은 길 위, 햇빛이 중간 중간 내려와 앉았고 산책을 나온 여인들은 잠시 걸음을 멈췄습니다. 붉은 양산이 초록을 배경으로 산뜻하게 다가옵니다. 바람은 물을 타고 오는 것일까요? 산 위로 뻗은 길을 따라 내려오는 것일까요? 적당한 바람과 산새들의 소리 그리고 여인들의 도란거리는 소리까지 모두가 녹색으로 물들고 있습니다.

    갈라진 길 앞에 서면 늘 머뭇거립니다. 어느 길로 가야 하는지, 좀 더 빠른 길이 맞는 것인지 자신이 없기 때문입니다. 그리고 선택한 길이 제대로 된 것인지 알 수 없기 때문에 가지 않은 길에 늘 미련이 남습니다. 요즘 성능 좋다는 내비게이션은 목적지를 입력하면 여러 가지 길을 추천합니다. 가장 빠른 길과 가장 짧은 길 등을 한 화면으로 보여 주더군요. 혹시 인생 내비게이션이 있다면 어떨까요? 가 보지 못한 길에 미련은 없을 테니 행복할까요? 저라면 시간이 좀 걸려도 더듬거리며 찾아가는 편을 선택하고 싶습니다. 미련이 남아야 삶이 재미있을 것 같거든요. 그대는 그림 속 어떤 길로 가고 싶으신가요?

페데르 모크 몬스테드 (Peder Mork Monsted, 1859~1941)

그의 작품을 좋아했던 그리스의 조지 국왕의 초대를 받아 1년간 그리스에 머물면서 그리스 시골의 모습을 그렸다. 그는 늘 그가 묘사하고자 했던 시골의 분위기와 대기의 모습을 아주 성공적으로 담았다. 몬스테드의 작품 속에는 등장하는 인물이 별로 없었다. 어쩌다가 그의 작품 속에 등장하는 인물들은 풍경의 한 장식일 뿐이었고, 때문에 시적인 상징으로만 남게 되었다

페데르 모크 몬스테드

붉은 양산

The Red Umbrella

Oil on canvas | 1888

고개를 넘어가는 가족에게 차가운 바람이 몰아쳤습니다. 바람만 부는 것이 아니라 비도 섞였는지 길 위가 미끄럽습니다. 짐을 진 아버지는 벌써 고개를 넘어섰고 아이를 업은 엄마는 다른 한 손으로 아이 손을 굳게 잡고 있는데 뒤따라오는 아이와 걸음을 맞추고 있습니다. 엄마의 날리는 옷자락과 한 손으로 모자를 누르고 있는 소녀의 몸짓에서 바람이 얼마나 세게 부는지 짐작됩니다. 깊은 가을, 비 오고 바람 부는 날에 온 가족이 길을 떠나야 할 만큼 절박한 사정이 이들에게 있는 것일까요? 살면서 힘든 고갯길을 넘는 것이 한두 번은 아니지만, 날씨가 마음에 걸립니다. 고개 너머 그들이 가는 곳에는 모든 것이 평온했으면 좋겠습니다.

　　🖤　오래전, 어떤 교육에 참석했을 때 지금까지 자신이 살아온 길을 그래프로 그려 보는 시간이 있었습니다. 평균적인 생활이었다면 수평이고 어려움은 수평 아래, 즐겁고 소위 잘 나갔던 시간은 수평 위로 선을 이어 가는 것이었지요. 그려 놓고 보니 나름 재미있는 선이 만들어졌습니다. 그리고 수평 아래의 면적과 수평 위의 면적을 비교해 보았더니 비슷하더군요. 그전까지는 분명 나름 고생했던 시간이 많았다고 생각했는데, 꼭 그런 것만은 아니었습니다. 길게 보면 비 오고 추운 길을 걷는 것은 맑고 화창한 날이 앞에 있다는 것을 뜻합니다. 세상 어디에서도 1년 내내 비가 오고 바람이 분다는 일기 예보는 없습니다. 그대의 다음 주, 다음 달 예상되는 일기 예보는 어떤가요? 🖤

조제프 파커슨 (Joseph Farquharson DL, 1846~1935) 🖋

스코틀랜드 에든버러의 부유한 집안에서 태어났다. 로열 스코틀랜드 아카데미에서 공부한 후 런던 로열 아카데미에서 작품 전시회를 개최해 관객들의 호평을 받았다. 사실적인 묘사와 스코틀랜드의 풍속 묘사로 유명했던 그는 현장에서 그림을 그리기 위해 마차를 개조하여 움직이는 화실로 사용했다. 그는 이 화실 덕분에 한 겨울에도 그림을 그릴 수 있었다.

조제프 파커슨

◇

동쪽에서 서쪽으로 부는
차가운 바람

Cauld Blaws the Wind Frae East to West

Oil on canvas | 182×116cm | 1888

막달레나 마리아가 해골을 쓰다듬거나 안고 있는 모습은 여러 화가의 작품 속에 등장하지요. 그런데 해골을 옆에 세워 놓고 자화상을 그린 화가가 코린트 말고 또 있을까요? 코린트 뒤편으로는 높이 솟은 공장 굴뚝에서 연기가 피어오르고 있고 붉은 지붕의 건물은 적당히 왜곡된 모습으로 서 있습니다. 도시 풍경이 시원하게 펼쳐진 유리창을 배경으로 선 화가는 어떤 생각이었을까요? '지금 내 몸과 얼굴, 정신은 이 모습이지만 결국 지나고 나면 내 옆에 서 있는 해골이 될 것인데, 그때도 여전히 세상은 지금 보는 것과 같을까?'라고 묻는 것 같습니다. 그의 나이 서른여덟 살일 때의 작품입니다. 저는 그 나이에 어떤 얼굴이었을까요? 분명한 것은 화가가 저보다 훨씬 어른스러운 얼굴이라는 것입니다.

   인생을 덧없다고 말합니다. 세상을 떠날 때가 가까워지면서 삶을 되돌아본 어른들의 이야기입니다. 과연 그런 걸까요? 그렇게 말처럼 인생은 순간이고 남는 것이 없다고 한다면 어제와 오늘 우리가 고민했던 것들은 무슨 의미가 있을까요? 물론 의미 없었던 순간들이 있을 수 있겠지요. 하지만 그 순간들이 모여서 영원이 되는 것입니다. 덧없는 삶은 없습니다. 자주 자신을 돌아볼 수만 있다면, 내가 어디쯤에 있는지만 알 수 있다면, 근사한 자화상 하나 남길 수 있을 것입니다. 그대의 자화상은 어느 정도 완성이 되었는지요?

로비스 코린트 (Lovis Corinth, 1858~1925)

지금은 러시아 영토지만 2차 세계대전 때까지는 독일 땅이었던 그바르데이스크에서 태어났다. 어려서부터 형들과 누나의 괴롭힘을 당한 그에게 그림은 유일한 탈출구였다. 뮌헨 아카데미를 거쳐 파리에서 유학한 후 뮌헨으로 돌아온 그는 초상화가로 이름을 날렸지만, 그보다는 엄청난 양의 와인과 샴페인을 마시는 사람으로 더 유명했다. 독일 인상주의와 표현주의를 하나로 묶었다는 평가를 받고 있다.

로비스 코린트

해골과 함께 있는 자화상
Self-portrait with Skeleton

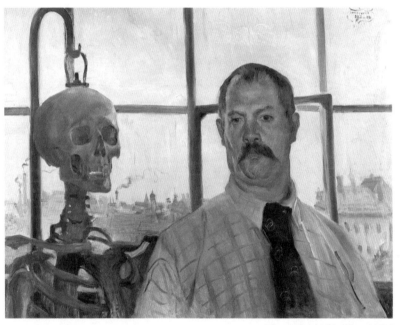

Oil on canvas | 66×86cm | 1896

크게 휘어지는 길을 따라 기차가 들어오고 있습니다. 차려 자세로 기차를 바라보고 있는 역무원의 등 위로 오후의 햇빛이 내려앉아 철로를 가로지르는 긴 그림자 여럿을 만들었습니다. 푸른색 어깨에는 반복되는 일상이 묻어 있습니다. 변할 것도 좋아질 것도 없는, 그런 일상을 지키는 사람들이지요. 떠나고 돌아오는 수많은 사람을 이 건널목에서 보았을 역무원의 일상은 단조롭지만 순간을 지키는 중요한 일이기도 합니다. 코끝이 하늘로 향한 사내의 신발이 눈에 들어옵니다. 문득 단조로운 삶이 그 신발 끝에서 사라지는 듯한 느낌을 받았습니다. 만약 평범한 신발이었다면, 질식할 듯한 나른함이 더해졌을 것 같거든요.

　🐚　간혹 특별한 일이 없는 일상이 지루할 때가 있습니다. 그리고 나만 그런가? 하고 주변을 둘러보기도 합니다. 생각해 보면 그런 일상이 모여서 삶의 대부분을 만드는 것이지요. 매일 새로운 일이 일어나고 아침부터 저녁까지 모험이 계속된다면 사는 것이 흥미로울까요? 처음 얼마간은 그럴 수도 있겠지만 이내 지치고 말 겁니다. 다양한 생각과 발전은 안정된 일상이 바탕이 될 때 가능한 것 아닌가 싶습니다. 꿈이 담겨 있는 일상, 나쁘지 않습니다. 그대는 하루에 얼마나 꿈을 꾸고 있나요? 쉽게 일상에서 벗어나지 못한다고 꿈을 적는 것마저 내팽개치고 있는 것은 아니지요? ▨

라우릿스 안데르센 링(Laurits Andersen Ring, 1854~1933)

덴마크의 링이라는 곳에서 태어났다. 화가의 도제 생활을 거쳐 덴마크 미술 아카데미에서 공부했는데, 같은 반에 이름이 같은 학생이 있어서 고향인 링을 이름에 추가했다. 1900년 파리 박람회에 출품한 그의 작품을 두고 비평가들은 그가 사실주의 화가인지 상징주의 화가인지를 놓고 갑론을박을 펼쳤다. 그 결과, 그는 덴마크 사실주의와 상징주의 선구자 중 한 명이라는 평가를 받았다.

라우릿스 안데르센 링

철도 역무원

The railroad guard

Oil on canvas | 57×46cm | 1884

일을 끝내고 돌아가는 길, 자꾸 한 여인이 뒤쳐지고 있습니다. 걷기가 불편해 보이는데 남자가 뒤를 돌아봤습니다. 순간 치마를 내리지 못한 여인의 정강이 부근에 붉은 천이 보입니다. 무엇인가를 묶은 것처럼 보입니다. 가던 방향과 다른 쪽으로 몸을 돌린 것을 보면 숨기고 싶은 것이 있는 것 같네요. 혹시 일을 끝내고 집에 있는 식구들을 위해 꼭 가져야 가야 할 것이 있어서 그것을 다리에 묶고 걸었던 것은 아닐까요? 남들이 알면 부끄러운 것 말입니다. 갑자기 붉은 천에 잔뜩 담긴 눈물이 느껴집니다. 집으로 돌아가는 하늘은 온통 회색입니다. 지금 어디선가 자꾸 주의를 돌아보며 조심스럽게 집으로 돌아가고 있을 사람들이 떠오릅니다. 그들 모두에게 참담하지 않은 저녁 귀갓길이었으면 좋겠습니다.

   🖤   가진 사람과 없는 사람의 차이가 크지 않던 때가 있었습니다. 서로 부족한 곳을 마음이 채우던 시절이었지요. 그렇기 때문에 갈등도 크지 않았고 시골 동네에서 국가고시 합격자라도 나오면 마을 전체는 물론 이웃 마을까지 경사였습니다. 어느새 우리는 그때보다 평균적으로 훨씬 부유해졌습니다. 그리고 가끔 용이 나오던 개천은 바싹 말라 이제는 피라미 한 마리도 구경하기 어려워졌습니다. 사람 사이를 채웠던 마음이 자리 잡은 곳에 갈등이 터를 잡기 시작했습니다. 가끔 우리 모두가 비슷하게 가난했으면 좋겠다는 생각을 합니다. 일을 끝내고 집으로 돌아가는 길은 모두가 행복해야 하거든요. 오늘, 그대의 퇴근길은 어땠는지요? 🖤

월터 맥이웬 (Walter MacEwen, 1858~1943) 🖋

미국 시카고에서 태어났다. 아버지의 가업을 잇기 위해 대학에서 회계를 공부하며 아버지 사무실을 다니던 어느 날, 그림 도구 일체를 맡기고 그의 사무실에서 10달러를 대출해 간 사람이 있었다. 그 사람은 끝내 돌아오지 않았고, 그가 남긴 그림 도구로 그림을 그리던 맥이웬은 화가가 되기로 결심한다. 뮌헨 아카데미에서 공부한 그는 그 후 60년간 유럽에서 화가로 활동한다.

월터 맥이웬

일터에서 돌아오는 길
Returning from Work

Oil on canvas | 120.7×190.5cm | 1885

아니야, 그 대목에서는 좀 더 심각한 표정을 지어야 해. 내 표정과 손짓을 잘 봐. 누나는 동생을 향해 고뇌에 찬 표정과 무언가를 움켜 쥘 것 같은 손짓을 보여 주고 있습니다. 무릎에 놓인 책 속의 어느 한 장면을 표현하는 것 같은데, 아마 연극 무대에라도 올라가는 모양입니다. 그런 누나의 역동적인 표정과 몸짓을 바라보는 동생의 표정은 아주 해맑습니다. 아직 진정한 고뇌라던가 갈등, 이런 단어들을 이해하기에는 너무 어리기 때문이겠지요. 그래도 슬며시 한 손을 자신의 가슴으로 가져가는 것을 보면 뭔가 느낌이 오는 모양입니다. 오누이의 리허설이 점차 열기를 더해가고 있습니다.

　　✑ 문득 리허설이라는 제목 앞에서 서성거리게 됩니다. 리허설을 거치고 나면 본 무대에서는 확실히 실수를 줄일 수 있지요. 살아가는 데는 리허설이 없으니까 실제 삶의 무대에서 실수가 일어나도 수정할 수 없습니다. 멈출 방법이 없는 이 연극은 끝까지 계속됩니다. 무대 위에 서 있는 동안 반복되는 실수를 줄여야겠다고 수없이 각오하지만, 지금까지의 결과를 보면 씁쓸합니다. 훗날 무대에서 내려올 때 관객들에게 무슨 말을 듣게 될까요? 환불해라, 이것도 연극이라고 보라는 것이냐 등등. 삶의 리허설은 정말 안 되는 걸까요? ▨

비토리오 레지니니 (Vittorio Reggianini, 1858~1938) ✒

이탈리아 북부 모데나에서 태어났다. 모데나 미술 아카데미에서 공부한 그는 나중에 모교 교수로 활동하게 된다. 우아한 부르주아들과 아름다운 여인들의 모습을 그림에 담았지만, 한편으로는 가난한 농부들의 집 안 풍경도 담았다. 서로 다른 세계를 동시에 표현한 그의 작품은 많은 이야기를 담고 있는데, 화가가 안 되었으면 혹시 소설가가 되지 않았을까?

비토리오 레지니니

리허설

The Rehearsal

Oil on canvas | 43.1.×59.8cm

한적한 길가에 세워 놓은 마차에서 하룻밤을 보냈습니다. 누런 들판 위로 아침이 밝기 시작하자 다시 출발 준비를 합니다. 잠깐이나마 길을 따라 흐르는 작은 개울가에 의자를 놓고 그 위에 손바닥만 한 거울을 올려놓았습니다. 비록 보잘것없는 간이 화장대지만, 흰 들꽃이 주위에 둘러 있으니 근사한 분위기가 만들어졌습니다. 머리를 감은 여인은 그녀만의 화장대 앞에서 머리를 빗습니다. 나에게 주어진 삶의 양이 그것이라면 그것을 즐기는 것도 행복한 일입니다. 물론 그러기 위해서는 자신을 정면으로 바라볼 수 있는 당당함이 필요하지요. 오늘 가는 곳에는 또 무슨 일이 기다리고 있을까요?

　　🐚 '화장대'가 없다고 불평한들 나아지는 것은 없습니다. 많은 양과 좋은 질은 결코 비례하지 않습니다. '양'은 원한다고 주어지는 것이 아닙니다. 하지만 '질'은 자신에게 달린 일입니다. 양은 몸이 요구하는 것이고 질은 정신이 원하는 것이지요. 어쩌다 보니 갈수록 양이 우선시되는 시대가 되었지만, 양의 허망함이나 부질없음 또한 자주 보고 있습니다. 양에 대한 생각이 떠오르거든 훗날 그대를 든든하게 지켜줄 질에 대한 생각도 함께했으면 좋겠습니다. 집시 여인의 화장대에서 다시 한번 마음을 돌아보게 됩니다. 아가씨, 고맙습니다! 🎨

에두아르 베르나르 드바퐁상
(Edouard Bernard Debat-Ponsan, 1847~1913) 🖋

프랑스에서 드레퓌스 사건이 일어났을 때 자유주의자 입장에서 그를 옹호했다. 그러나 그의 초상화 고객은 보수주의자가 대부분이었다. 1889년 파리 세계박람회에 출품된 작품으로 3등을 수상하게 된 그는 1등이 아니라는 이유로 수상을 거부했다. 자부심은 세계 최고가 아니었을까?

에두아르 베르나르 드바 퐁상

◇

집시의 화장대

Gipsy at her Toilette

Oil on canvas | 88×116cm | 1896

돛대의 높은 곳에서 내려다본 모습일까요? 돛을 묶는 선원의 발 아래로 보이는 바다가 누런색을 띠고 있습니다. 차라리 푸른색이었으면 덜 무서웠을 것 같은데 거대한 출렁거림이 그 색마저 바꿔 버린 모양입니다. 깊이를 알 수 없는 바다를 배경으로 가느다란 돛대 위에서 한 발을 외줄에 걸고 돛을 묶는 선원의 모습이 위태로워 보입니다. 아직은 바람이 부는 것 같지는 않지만, 돛을 묶는 것을 보면 머지않아 큰 폭풍우가 닥쳐 올 모양입니다. 살아남기 위해 목숨을 걸어야 하는 비극적인 순간들. 생각해 보면 오늘도 우리는 그 순간들을 온몸으로 이겨 내고 있습니다.

🐚 전쟁터 같은 삶의 터전이라는 말을 듣곤 합니다. 그렇게 표현하면 우리 사는 곳이 너무 삭막하니까 그 대신 밀림이라는 표현을 빌립니다. 온갖 어려움이 곳곳에 숨어 있으면서도 그 위험의 정도는 정확히 알지 못하는 곳, 또 어느 순간에 나를 위험에 빠뜨리는 일이 닥칠지 알 수 없는 곳 정도의 느낌이 드는 곳이지요. 출근 전에 꼭 아내를 봅니다. 혹시 하고 싶은데 하지 못한 말은 없을까? 저녁에 다시 이 자리에 돌아온다는 것은 믿음일 뿐 매번 사실이 될 수는 없습니다. 그렇다면 신발 끈 단단히 조이고 정신 바짝 차리는 수밖에 없습니다. 그렇게 작년도, 지난달도 그리고 어제도 지내왔기에 우리 모두는 용감합니다. 물론 그대는 특히 용감합니다. 🔲

크리스티안 크로그(Christian Krohg, 1852~1925) 🖋

노르웨이 오슬로의 정치인 집안에서 태어났다. 법학을 전공했지만 독일 유학을 통해 미술을 배웠는데, 한스 구데가 그의 스승이었다. 파리에 머무는 동안 쿠르베의 사실주의에 깊이 심취했다. 초상화 형식을 빌려와 사회적인 약자의 모습을 그림에 담았고 소설가이자 언론인, 대학 교수로서 다양한 활동을 했다.

크리스티안 크로그

돛을 묶다
Fixing the Sail

Oil on canvas | 99.1×87.6cm | 1885

둘.

가족 그리고 관계에
관한 고찰

가족

가족은 좀 더 단단하고 촘촘하게

그 흐름으로 묶여야 합니다.

행복하고 즐거운 결박입니다.

알베르트 사무엘 앙커

할아버지

The Grandfather

Oil on canvas | 63×92cm | 1893

몸이 불편한 할아버지를 위해 책을 읽어드리려고 책을 펼쳤습니다. 옷 위에 작업용 앞치마를 두른 것을 보니 다른 일을 하다가 할아버지가 부르자 달려온 것 같습니다. 참 착한 아이군요. 무릎에 손을 올려놓은 할아버지는 무척 힘든 얼굴입니다. 그래도 손자의 책을 읽는 낭랑한 소리에 잠시 고통을 내려놓고 귀를 기울이고 있습니다. 문득 지나간 한 시절이 떠오르셨던 건가요? 가느다란 숨소리가 들립니다. 할아버지, 그래도 손자와 함께 있는 모습을 보는 저는 부럽습니다. 먼 훗날 할아버지께서 앉아 계신 자리에 지금 책을 읽어 주고 있는 손자가 앉겠지요. 그때도 아마 손자의 손자가 지금처럼 책을 읽어 줄 겁니다. 이제 우리 곁에서는 쉽게 찾아보기 어려운 장면을 할아버지의 손자가 보여 주었습니다. 그래서 보는 것만으로도 행복합니다.

🖎 할아버지는 제가 태어나기도 전에 돌아가셨습니다. 어려서는 할아버지가 있는 친구들이 부러웠고 커서는 자랑하고 싶은 일이 있을 때면 더욱 할아버지의 부재가 아쉬웠습니다. 단순히 생물학적인 관계만 가지고 가족을 설명할 수 없는 이유는 우리가 그 관계의 바탕에 감정을 나누고 있기 때문이지요. 지금 할아버지와 손자 사이에는 보이지 않는 배려와 고마움이 서로를 향해 흐르고 있고 그것이 서로를 묶고 있습니다. 행복하고 즐거운 결박입니다. 할 수 있다면 가족은 좀 더 단단하고 촘촘하게 그 흐름으로 묶여야 합니다. 지금 세상은 그런 세상이 아니라고요? 그럴 수도 있겠지만, 그렇다고 포기해서는 절대로 안 될 일입니다. 🖾

알베르트 사무엘 앙커 (Albert Samuel Anker, 1831~1910) ✒

스위스의 '국민 화가'로 불릴 만큼 스위스인의 사랑을 받았다. 독일을 거쳐 파리에서 미술을 공부하고 파리 살롱전에서 금메달을 수상하기도 했다. 스위스로 돌아온 그는 아이들과 평화로운 시골 풍경을 주제로 작품 활동을 했다. 앙커의 생활은 아주 규칙적이었는데 매일 완벽하게 사전에 계획한 대로 살았고, 가계부에 수입과 지출을 꼬박꼬박 기록했다고 한다. 지켜보는 사람은 답답하지 않았을까?

테오필 루이 뒤홀

들판에서의 식사
Repast in the Fields

Oil on canvas | 203.2×46.05cm | 1890

들판을 지나다가 식사하는 사람들을 만났습니다. 아침부터 시작한 가을걷이가 힘들었던 모양입니다. 비록 한 그릇밖에 안 되는 소박한 점심이지만 맛있게 먹는 사내들도, 음식을 가져온 여인들도 모두가 푸근한 표정들입니다. 주위를 둘러보니 보이는 모든 것 대부분이 노랗습니다. 가을의 황금색은 풍요로움을 떠올리게 합니다. 무릎을 꿇고 마지막 한 방울까지 마시는 사내의 모습과 그 옆에 선 여인을 보고 웃음이 났습니다. 가만히 귀를 기울여 보니 여인의 말이 들렸습니다. 한 방울도 남기지 말고 다 마셔요! 알았어. 이렇게 마시면 되는 거지? 음식이 아니라 가족의 사랑을 마시는 것이라면 배가 두 배는 부르겠지요. 바닥에 뒹굴고 있는 큰 병을 보니 오후 일도 거뜬할 것 같습니다.

✒ 요즘은 가족이 함께 일하는 경우를 찾아보기가 쉽지 않습니다. 예전에는 아버지와 아들이 하는 일이 크게 다르지 않아서 가족의 유대감은 말할 것도 없고, 노동을 통해 서로를 이해하기도 했습니다. 하지만 지금은 각자 하는 일도 크게 달라졌을 뿐 아니라 함께 있는 시간도 절대적으로 부족해졌습니다. 그런데 혹시 우리는 그것을 핑계로 가족 간의 느슨해진 유대를 어쩔 수 없다고 방치하고 있는 것은 아닐까요? 그 책임이 나에게는 얼마나 있는 것일까요? 서로를 애틋하게 바라보고 있는 들판의 그 사람들이 부러웠습니다. ■

책 읽어 줄게

Reading a Story

Oil on canvas | 160×92cm | 1879

여기에 앉자. 엄마가 책 읽어 줄게. 푹신한 모피가 덮인 벤치 앞에는 녹색 양탄자를 깔아 놓은 듯한 잔디밭이 펼쳐졌고 두 사람 위로는 나뭇잎이 커튼처럼 드리웠습니다. 마치 창을 열고 두 사람을 바라보는 느낌입니다. 엄마가 책을 읽기 시작하자 아이의 눈이 동그랗게 변했습니다. 엄마의 이야기에 집중하고 있다는 뜻이지요. 책 장을 넘기는 엄마는 손가락으로 아이에 대한 애정과 함께 일상의 여유로움도 함께 넘기고 있습니다. 책장 넘어 가는 소리에 따라 아이의 숨소리도 높아졌다 낮아졌다 하는 것 같습니다. 바라보는 저도 기분이 좋은데 아내와 딸을 모델로 작품을 그리고 있는 티소는 얼마나 좋았을까 싶습니다.

✐ 어린 자식들에게 동화책도 읽어 주었지만 옛날이야기를 많이 해 주었습니다. 책에서 읽은 것도 있었지만 제가 어렸을 때 할머니에게서 들었던 이야기도 있었습니다. 큰 손자였던 저는 할머니가 시골에서 서울 우리 집에 와 계실 때마다 늘 할머니와 함께 잤습니다. 중학생이 되어서도 할머니 옆에 누구도 못 자게 제가 막았지요. 그리고 아주 많은 할머니의 옛날이야기를 독점했습니다. 그 이야기들이 제 아이들에게까지 건너 간 것이지요. 책을 읽어 주거나 이야기를 들려주는 것은 단순히 내용을 전달하는 것이 아닙니다. 그것을 통해서 감정과 경험을 공유하는 것입니다. 요즘 아이들, 엄마 아빠 대신 뽀로로와 더 많은 감정을 교류하고 있는 것은 아닌지 걱정입니다. ▨

제임스 티소(James Tisso, 1836~1902) ✐

프랑스 낭트에서 태어났다. 역사화를 그리던 그는 파리코뮌에 가담했다는 의심을 받고 런던으로 도피한다. 런던에서 초상화가로 부와 명예를 쌓은 그는 캐더린이라는 이혼녀를 만나 결혼하는데 그녀는 그의 작품의 주요 모델이 된다. 그러나 행복했던 그의 생활도 캐더린의 죽음으로 끝나고 만다. 그녀가 세상을 떠나고 난 5일 후, 티소는 모든 것을 남겨 놓고 파리로 떠난다. 그녀의 죽음을 받아들이기 힘들었던 것일까?

한스 토마
———◇———

오누이
Die Geschwister

Oil on canvas | 103×75cm | 1873

밖으로 나갈 생각하지 말고 우선 해야 할 일 먼저 해! 누나의 나지막한 목소리가 들렸습니다. 이것 참 난감한 상황입니다. 제가 짐작한 분위기는 대강 이렇습니다. 아마 남동생은 누군가와 놀 약속을 한 것 같은데 그것을 눈치챈 누나가 동생을 책상 앞에 끌어다 놓은 것 같습니다. 할 일을 다 안 하고 무작정 밖에서 놀려고 한 동생을 붙잡은 것이죠. 뾰로통한 동생의 얼굴에 관계없이 누나는 책상 위의 책에 시선을 고정시켰습니다. 글씨가 제대로 눈에 들어오는지 알 수 없지만, 그 모습만큼은 아주 단호합니다. 삐딱하게 앉은 동생의 마음을 모르는 것은 아니나 저 역시 한마디 해 주고 싶네요. 누나 말 잘 들어. 그리고 벽에 걸린 초상화 속의 여인도 너를 보고 계시잖니?

✎ 어려서 견디기 힘든 유혹 중의 하나가 텔레비전이 있는 친구 집에 놀러 가는 것이었습니다. 만화 영화가 유행할 때였고 그 시간이 대개 오후 5시 이후였습니다. 집집마다 저녁을 준비할 시간이었는데 텔레비전이 있는 집은 방 안에 아이들이 가득하니 저녁상을 차려 내기도 어려웠지요. 어머니는 저녁 시간에 절대 밖으로 나가는 것을 허락하지 않으셨지만, '황금박쥐'를 볼 수만 있다면 부모님께 혼나는 것은 문제도 아니었습니다. 지금 생각해 보면 우리 부모님께서는 '황금박쥐'를 막은 것이 아니라 누군가의 집에 폐 끼치는 것을 막으셨던 것이었습니다. '내 아이가 원한다면 무엇을 해도 좋다'는 말이 적어도 그때는 없었습니다. 가난했지만 배려는 그때가 훨씬 풍족했습니다. ✐

한스 토마 (Hans Thoma, 1839~1924) ✎

독일 베르나우에서 태어났다. 스위스 바젤에서 석판화 제작자의 도제로 처음 미술을 접한 그는 카를스루에 아카데미에서 본격적으로 미술을 공부했다. 파리 여행 중 사실주의 화가 쿠르베를 만나 깊은 영향을 받았고, 이후 사실주의 화풍을 보이게 된다. 훗날 오리지널 석판화를 재탄생시킨 첫 번째 독일 화가이자 자신만의 디자인을 위해 새로운 기법을 만드는 화가라는 평가를 받았다.

하리어트 바케르

옅은 색 풀밭 위에서
On the pale meadow

Oil on canvas | 1886~1887

마치 연두색 양탄자를 깔아 놓은 듯한 풀밭에 여인들이 등장했습니다. 들고 온 통이 궁금했는데 안에 든 것이 빨래였군요! 바지랑대를 세워 빨래 줄을 걸고 그 위에 널기에는 천이 너무 길어 집 뒤에 있는 풀밭으로 가지고 나온 모양입니다. 풀밭 위에 길게 펼쳐 놓은 다음, 다 마르고 나면 툭툭 털어 개기만 하면 될 것 같습니다. 딸들의 모습을 지켜보는 어머니의 얼굴이 조금 힘들어 보입니다. 사실 예전에는 빨래만큼 힘든 가사 노동도 없었지요. 손으로 주무르고 물에 헹구고 말리는 과정도 힘들지만 빨래터까지 다녀오는 것도 만만한 일이 아니었습니다. 세탁기가 처음 발명되었을 때 진정한 여성 해방의 시대가 왔다고 했는데, 세탁기가 넘쳐나는 지금, 정말로 여성이 가사 노동에서 해방되었는지는 잘 모르겠습니다.

얼마 전 식구들과 함께 모인 자리에서 막내 제수씨가 "아주버니, 저 사람은 무거운 짐을 저보고만 들라고 해요. 혼 좀 내 주세요."라고 막냇동생을 제게 일렀습니다. 무슨 소리인가 싶어 동생을 봤더니 늙어서 고생하지 않으려면 지금부터 근력을 길러야 하기 때문에 물건을 들게 한다는 동생의 대답이 돌아왔습니다. 처음에는 농담인 줄 알았는데 그 밑에 깔린 동생의 제수씨를 향한 마음이 읽혔습니다. 도와주는 것과 모든 것을 다 해 주는 것은 차이가 있지요. 모른 척하는 것이 제일 나쁘고 다 해 주는 것이 그다음으로 나쁜 것 같은데, 혹시 어느 정도 가족을 도와주고 계신가요?

하리어트 바케르 (Harriet Backer, 1845~1932)

노르웨이 홀메스트란의 부유한 가정에 태어났다. 열두 살 때 오슬로로 이사한 후 본격적으로 미술을 공부하기 시작했다. 이후 독일을 거쳐 파리에서 유학하며 사실주의와 초기 인상주의 화풍을 배우게 된다. 색을 어떻게 유기적으로 사용할 것인가에 깊은 관심을 가졌고, 노르웨이로 귀국해서는 미술 학교를 운영하며 젊은 화가들에게 큰 영향을 주었다. 당시 북구는 물론 유럽에서도 선구적인 여성 화가였다.

밴조 수업

The Banjo Lesson

Oil on canvas | 12.5×90.2cm | 1893

자, 이렇게 코드를 짚고 이 줄을 튕기는 거란다. 할아버지의 무릎에 앉은 아이는 자신의 키만큼 큰 밴조를 잡고 연주법을 배우고 있습니다. 양쪽에서 들어오는 빛은 할아버지와 손자의 얼굴에 미묘한 그늘을 남겼습니다. 손자의 손을 보기 위해 고개를 숙인 할아버지의 얼굴은 검게, 자신의 손을 바라보는 소년의 얼굴은 밝게 묘사했습니다. 고단한 시대가 가고 보다 밝은 시대가 온다는 것을 말하고 싶었던 것일까요? 또 어떤 사람들은 양쪽에서 들어오는 빛 속에 앉은 할아버지가 과거 그의 생활 무대였던 미국과 새롭게 찾은 거주지 프랑스 사이에 있는 화가 자신의 모습을 담은 것이라고도 합니다. 그러나 무엇이 되었든 음악만이 위안이 되는 상황이라면 그것도 어려운 일입니다. 파리에 머물던 그가 잠깐 미국에 들렀을 때 그린 작품이었고, 타너의 최고 걸작이라는 평을 받고 있습니다.

　♒　처음 한글을 가르쳐 주신 분은 어머니였습니다. 군 생활을 끝내고 전역한 지 얼마 안 된 막냇삼촌도 가끔 저의 공부를 도와주셨지요. 예전에는 대개 글을 배우고 책을 읽는 일이 집 안에서 이루어졌습니다. 큰형이 막냇동생을 지도하는 식이었지요. 물론 선생님에게 배우는 것과 다르다 해도 그런 과정을 통해 공부만이 아니라 가족과의 유대감도 키웠던 시간이었습니다. 그때와 지금을 비교하는 것 자체가 무의미할 수도 있지만, 학원 순례를 하는 요즘 아이들이 그때의 저보다 행복하다고 생각하지 않습니다. 그대는 이런 생각에 동의하시나요?

헨리 오사와 타너 (Henry Ossawa Tanner, 1859~1937)

피츠버그에서 태어나 미국 최초의 흑인 화가가 되었다. 미술을 혼자 공부하다가 스무 살에 펜실베이니아 미술 아카데미에 입학했는데 그는 최초의 흑인 학생이었다. 나중에 파리로 건너가 활동하며 화가로서 명성을 떨쳤다. 클린턴 정부 시절, 백악관에서 그의 작품을 구입하여 전시했는데 이 역시 미국 흑인 화가의 작품으로는 처음이었다.

빅토르 비뇽

산책하는 엄마와 아이
Mother and Child taking a Walk

Oil on canvas | 32.4×41cm

돌담을 끼고 돌아 나오는 길, 웃음소리와 함께 산책 나온 엄마와 아이가 등장했습니다. 길을 벗어나 풀밭으로 향하는 아이의 손에는 작은 바구니가, 엄마의 손에는 보자기가 들렸습니다. 길을 걷다가 보이는 꽃도 담고 필요한 채소도 담은 것 아닐까 싶습니다. 아이는 눈앞에 펼쳐진 세상에 관한 질문을 엄마에게 끝없이 묻고, 엄마는 그때마다 아이에게 대답해 주는 모습입니다. 아이를 내려다보는 엄마의 얼굴이 자세히 보이지는 않지만, 잡은 손을 보면 아이를 향한 엄마의 마음이 어떤 것인지 충분히 짐작됩니다. 온통 초록으로 둘러싸인 시골길, 엄마와 아이의 발길과 눈길이 닿은 곳마다 맑고 싱싱한 생명의 색깔이 더욱 짙어지고 있습니다.

　🖋 손세실리아 시인의 '곰국 끓이던 날'이라는 시는 후배가 선물로 준 사골로 국물을 우려내는데 국물이 잘 우러나지 않아 정육점 주인에게 물어보는 대목이 나옵니다. 시인은 그 대목을 이렇게 묘사했습니다. '물어보나 마나 암소란다 / 새끼 몇 배 낳아 젖 빨리다 보니 / 몸피는 밭아 야위고 육질은 질겨서 / 고깃값이 황소 절반밖에 안 되고 / 뼈도 구멍이 숭숭 뚫려 우러날 게 없단다' 이제 여든이 넘으셨고 오랜 시간 몸이 불편한 어머니를 뵐 때마다 시인의 시가 떠오릅니다. 오늘의 나는 어머니가 온몸으로 우려낸 당신의 국물을 마시면서 여기까지 왔구나⋯⋯. 어머니, 아프지 마세요. 🍃

빅토르 비뇽(Victor Alfred Paul Vignon, 1847~1903) 🖋

프랑스 밀랑에서 태어났다. 그의 어머니는 조각가이자 호텔 경영자였고 글을 쓰기도 하였다. 코로에게서 그림을 배운 그는 인상파 화가들과 친분을 맺었고 인상파 전시회에도 몇 번 참가하였다. 그러나 네덜란드 대가들의 고전적인 스타일을 따랐다는 비판이 뒤따랐고, 마침내는 인상파 화가들의 이름에서도 사라지게 된다. 특히 모네가 그에 대해 적대적이었다. 모네 선생님, 왜 그러셨어요?

크리스티안 크로그

엄마와 아이
Mother and Child

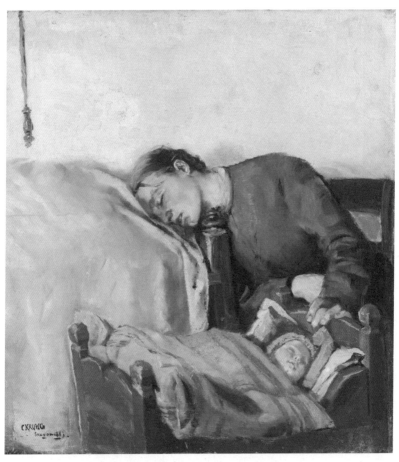

Oil on canvas | 53×48cm | 1883

아, 얼마나 힘들었던 걸까요? 요람을 흔들다가 엄마는 잠이 들고 말았습니다. 요람 속 아이의 표정은 한없이 평화로운데 반쯤 입을 벌리고 곯아 떨어진 엄마의 얼굴은 여전히 피곤해 보입니다. 요람을 흔들던 손은 그대로 있고 자신도 모르게 잠이 든 것인지 고개는 침대 모서리에 닿았는데 불편해 보입니다. 일을 하다가 아이의 우는 소리에 허겁지겁 달려왔겠지요. 아이의 표정과 엄마의 표정이 대조적이어서 가슴이 먹먹해집니다. 잠에 빠진 엄마의 모습은 아이를 위해 애쓰는 이 세상 모든 엄마의 모습이기도 합니다. 조금이라도 더 잠을 잘 수 있게 두 사람을 지켜보는 동안에는 숨도 쉬어서는 안 될 것 같습니다. 어머니, 고맙습니다.

✎ 이제 자식들이 다 커서 각자 자기의 길을 걷고 있습니다. 가끔 제 기준에 못 미치는 것 같을 때는 화가 나기도 하고 꾸짖기도 합니다. 제 마음속에 내 아이는 적어도 이 정도는 되어야 한다는 기준을 가지고 있었고, 그것을 틈나는 대로 아이들에게 적용하고 있는 것이지요. 처음 아이들이 태어났을 때 아프지 말고 잘 자라 주기만 하면 좋겠다던 생각은 까맣게 잊어버렸습니다. 부끄럽습니다. 어머니께서 저를 그렇게 키우지 않으셨는데 제가 아이들을 그렇게 대했습니다. 어머니, 죄송합니다. ☞

크리스티안 크로그 (Christian Krohg, 1852~1925)

'크리스티아나 보헤미안'이라는 단체에 가입해 활동하면서 '예술은 개인이 자유로운 사회를 개발하기 위하여 적극적인 역할을 하여야 한다'라는 주장을 폈다. 그러나 그가 쓴 첫 번째 소설 『ASlbertine』은 창녀를 주인공으로 했고 출간되자마자 경찰에 압수되고 말았다. 그때나 지금이나 예술가와 관료들 사이의 시선 차이는 여전하다.

관계

나무와 나무가 모여 숲을 이루고 그 숲이 깊어질 때
말 그대로 생명이 숲이 되는 것이지요.
그 숲의 한 그루 나무인 그대, 잘 지내고 계시지요?

구름이 점차 많아지는 하늘 밑, 부드러운 바람은 소녀의 흰 드레스를 살짝 들추기도 하고 길섶의 풀들을 흔들기도 하다가 작은 길을 따라 언덕을 넘어갔습니다. 키 작은 풀들 사이로 여인들과 아이들의 모습이 보입니다. 산책을 나왔다가 모두 함께 숨은 꽃이라도 찾는 것일까요? 화면을 수평으로 나누고 있는 언덕 위로 하늘은 높게 열렸고 그 사이로 흐르듯 이어진 길을 보다가 문득 아련한 그리움이 떠올랐습니다. 어려서 머릿속에 각인된 여러 장의 풍경 속에는 길이 꼭 들어 있습니다. 길이 끝나는 곳에 대한 상상 때문이었습니다. 그리고 그 상상은 지금도 여전히 계속되고 있습니다.

✿ 길은 수많은 사람이 떠나고 돌아오면서 만들어진 흔적이고 기록입니다. 물론 길을 따라 사람만 오고 간 것은 아닙니다. 사람을 따라 마음도 함께 오고 갔지요. 때문에 길은 역사가 됩니다. 오늘도 많은 사람이 길을 걷고 있는 것을 보았습니다. 길을 따라 걷는 것은 길과 함께 떠났던 감정을 따라가는 것이지요. 그렇기 때문에 길을 걷는 것은 역사를 따라 걷는 것이라는 것에 혹시 동의해 주실 수 있는지요?

윌리엄 M. 체이스(William M. Chase, 1849~1916)

19세기 가장 중요한 미국 화가 중 한 명으로 생전에 2천 점이 넘는 작품을 그린 다작 화가였다. 뮌헨에서 미술을 공부하고 귀국한 그는 뉴욕에 화실을 열었는데 그의 화실은 화려한 장식품이 많은 것으로 유명했다. 그러나 결국 관리비를 감당하지 못해 화실은 폐쇄되었고 가구들과 진기한 악기 같은 것들은 경매에 넘어가고 말았다.

윌리엄 체이스

신네콕 가는 길
Along the Path at Shinnecock

Oil on panel | 30.5×45.7cm | 1896

"음, 할 이야기가 있는데……." "무슨 이야기? 해 봐." 자기도 모르게 손을 여자 아이의 무릎에 올려놓았습니다. 사내아이의 자세에는 긴장한 모습이 역력합니다. 여자아이도 긴장하기는 마찬가지입니다. 가지런히 모은 발과 숙인 고개, 그리고 다문 입술을 보면 눈은 뜨개질에 가 있지만 온 신경은 사내아이의 말에 있는 듯합니다. 그녀의 머리를 묶고 있는 보라색 머리 끈이 풀리면 여자아이는 처녀가 될 것 같은 착각이 듭니다. '모여라 꿈 동산'에 나오는 인형만 한 머리 크기를 가진 사내아이도 복장은 청년의 그것입니다. 정말 각별한 순간입니다. 무슨 이야기였을까요? 상상은 각자의 몫이지만, 아이들의 모습에서 사랑의 열병을 앓았던 젊은 날의 제 모습이 겹쳐집니다.

가끔 예전 사진들을 들춰 보게 됩니다. 비스듬히 소파에 눕거나 방바닥에 누워 사진 한 장씩을 볼 때면 사진을 찍던 순간들이 떠오릅니다. 간혹 사진과 함께 그때 했던 이야기들도 불쑥 튀어나오곤 합니다. 지금은 사라졌다고 생각했던 두근거림을 사진을 보다가 만나면 나도 모르게 한마디 하게 됩니다. 신기하다, 참 신기하지? 하고 싶은 말을 폭포수처럼 쏟아 내고 싶은 마음뿐인데 자꾸 목이 말라 꿀꺽꿀꺽 침을 삼키곤 했던 순간들이 있었지요. 그럴 수밖에 없었던 그 사람들이 보고 싶습니다. 지금 만난다고 해도 그때 하지 못했던 말을 다 할 수 있을 것 같지는 않지만 말입니다.

에밀 뮤니에르 (Emile Munier, 1840~1895)

태피스트리 공장에서 미술과 기술을 배웠다. 그 후 아카데미즘의 거장이었던 윌리엄 부게로의 화실에서 공부를 계속하게 되는데, 얼마 뒤 뮤니에르는 부게로의 최고 제자로 인정받았고 스승과 열다섯 살의 나이 차이에도 나중에는 친구처럼 지내게 된다. 부게로는 뮤니에르에게 별명을 지어 주었는데 '지혜(The Wisdom)'였다. '똑똑이'라고 부르고 싶었던 것은 아니었을까?

에밀 뮤니에르

각별한 순간

A Special Moment

Oil on canvas | 114.3×83.8cm | 1874

새장에 있던 새가 죽었습니다. 그 모습을 본 아이는 울음을 터뜨리고 말았습니다. 아이에게는 어쩌면 처음으로 다가온 이별이자 상실의 순간일 수도 있겠군요. 아이의 울음을 닦아 주는 엄마는 이 일로 아이의 마음이 한 뼘쯤 클 것이라는 생각 때문인지 표정이 부드럽습니다. 하지만 뒤에 앉아 가슴에 손을 모으고 있는 할머니는 울고 있는 손자가 너무 안타깝습니다. 멋쟁이 할아버지는 "내가 다시 한 마리 사 줄게" 하는 듯합니다. 할아버지는 아이가 크면서 마주칠 많은 이별을 떠올리셨을까요? 빙그레 웃는 웃음 속에는 반드시 통과해야 할 관문 하나를 방금 넘어온 손자에 대한 대견함도 담겨 있습니다.

    아무런 조건 없는 익숙한 것과의 이별은 눈물로 남습니다. 반면 조건이 붙으면 이별은 아쉬움으로 남지요. 사람과 사람 사이에 조건이 있다는 것은 누군가에게는 이익이, 누군가에게는 손해가 될 수도 있다는 것을 전제하는 경우가 많습니다. 그런 관계가 우리의 본능이더라도 우리 사이에는 조건을 붙이는 일이 적었으면 좋겠습니다. 사람과 사람 사이에 섬이 있어서는 곤란하지요. 한 살 더 먹으면서 눈물보다 아쉬움이 늘지 않기를 소망합니다.

에우제니오 잠피기 (Eugenio Zampighi, 1859~1944)

이탈리아 북부 모데나에서 출생. 그곳 아카데미에서 미술을 공부했다. 아카데미에서 뛰어난 성적을 거둔 그는 로마 유학을 거쳐 피렌체에 정착했고, 이후 풍속화에 전념하게 된다. 당시 시골의 일상적인 모습을 있는 그대로 묘사했는데 그의 작품들은 이탈리아는 물론 영국과 미국의 미술품 수집상들에게도 대단한 인기를 끌었다.

내 새가 죽었어요!
My Bird is Dead

Oil on canvas | 76.8×55.9cm

막 아침 식사를 하는 중인데 예기치 않은 손님이 방문했습니다. 손님도 어지간히 급한 성격인지 한 손으로는 벌써 커튼을 열고 있습니다. 손님을 보고 짖는 개도 놀랐겠지만, 더 놀란 사람은 철학자입니다. 늘 근사한 모습을 보여 주는 철학자의 아침 식사 모습도 사실 우리와 별반 다를 것이 없어 보입니다. 그래도 그런 모습을 들키고 싶지 않은 철학자는 급한 마음에 빵을 덮기 위해 책을 들었지만 책상에 놓인 음식과 바닥에 떨어진 것들은 어떻게 하죠? 더 큰 문제는 입이 불룩 튀어나오도록 먹은 음식입니다. 잘못하다가는 숨이 막힐 것 같습니다.

    내가 보여 주고 싶은 모습과 사람들이 나를 보는 모습에는 차이가 있습니다. 그리고 사람들 대부분은 두 가지가 같지 않다는 것을 잘 알고 있습니다. 사실 두 모습의 차이가 그 사람의 당당함의 크기를 결정하는 것이 아닐까 싶습니다. 보여 주기 위해 노력하는 것은 자신과 점점 더 멀어지는 것일 수도 있습니다. 보여 주고 싶은 모습과 보이는 모습의 차이를 끝없이 좁혀 가는 것. 어쩌면 잘 살고 있다는 뜻이 아닐까요? 물론 저도 그림 속 철학자만큼 큰 차이를 가지고 있지만요.

파벨 안드레예비치 페도토프 (Pavel Andreevich Fedotov, 1815~1852)

풍자화가로 유명한 영국의 윌리엄 호가스에 빗대어 러시아의 호가스로 불리는 화가. 군 장교로 근무하면서 그림에 흥미를 느끼기 시작했고, 제대한 후 본격적인 화가의 길을 걷는다. 당시 러시아 부유층의 모습을 풍자와 해학을 곁들어 표현했는데, 서른 일곱의 이른 나이에 정신병원에서 숨을 거뒀다.

파벨 안드레예비치 페도토프

철학자의 아침 식사
Aristocrat's breakfast

Oil on canvas | 51×42cm | 1848

물을 길어 온 여인에게 작업을 거는 남자, 아무래도 잠시 후 큰일을 당할 것 같습니다. 이미 딸에 관한 이상한 소문을 들었던 노인이 우연찮게 두 사람이 함께 있는 모습을 본 것이지요. 지팡이를 거꾸로 손에 쥐고 두 사람의 대화를 엿듣고 있는 노인의 표정이 심각합니다. 그런데 정작 두 사람은 전혀 눈치를 채지 못하고 있습니다. 허리에 두른 남자의 손을 가볍게 쥔 여인의 얼굴을 보니 남자를 그다지 싫어하는 표정이 아닙니다. 두 사람은 이미 친숙함으로 엮여 있는 것 같은데, 그냥 결혼시키는 것이 맞는 것 아닌가요? 그렇다면 폭풍우는 두 남녀에게 다가가는 것이 아니라 숨어 기다리는 노인에게 다가가는 것일 수도 있습니다.

      주위를 둘러보면 주관이 뚜렷한 사람들이 있습니다. 확고한 기준을 가지고 앞날을 계획하거나 일을 처리하는 것이 명확한 사람들입니다. 그런 사람들을 보고 있으면 잘 자란 나무를 보는 느낌이 듭니다. 물론 주관과 고집을 혼돈해서는 안 되겠지만요. 벌써 주례를 두 번이나 섰습니다. 새로운 가정을 이루는 엄숙한 의식을 주재할 만한 처지에 이르지 못했기에 부끄러웠지만, 젊은 남녀의 각오를 듣고 그 두 사람의 증인이 되는 일은 행복했습니다. 나무 두 그루가 합해져서 훗날 작은 숲이 되는 것을 상상했거든요. 나무와 나무가 모여 숲을 이루고 그 숲이 깊어질 때 말 그대로 생명의 숲이 되는 것이지요. 그 숲의 한 그루 나무인 그대, 잘 지내고 계시지요?

헨리 모슬러 (Henry Mosler, 1841~1920)

오늘날의 폴란드 실레지아에서 태어났다. 여덟 살 때 미국으로 이민, 석판화 기술자였던 아버지로부터 그림의 기초를 배웠다. 이후 독일 유학을 거쳐 파리에 머무는 동안 살롱전에 출품, 많은 메달을 수상했고 '당대 아카데믹 미술에서 국제적인 명성을 얻은 최초의 유대인 화가'라는 평가를 받았다. 귀국 후 미국 미술계에 많은 영향을 주었다.

헨리 모슬러

다가오는 폭풍우
Approaching Storm

157.5×118.1cm | 1885

이걸 어쩌죠, 큰일 났습니다. 건초더미를 잔뜩 싣고 가던 마차의 바퀴가 그만 빠지고 말았습니다. 아마 여인은 마차에 앉아 있다가 땅으로 내동댕이쳐진 모양입니다. 자세를 보니 팔과 무릎을 다친 것 같습니다. 그나마 다행인 것은 마차에 실린 건초는 쏟아지지 않고 그대로라는 것입니다. 햇빛이 내리고 있지만 하늘은 구름으로 덮이고 있습니다. 서둘러 도움을 청해야 할 것 같은데 들판에 사람은 보이지 않습니다. 비라도 내리면 더욱 난감한 일이 아닐 수 없습니다. 농촌의 삶이 팍팍한 것이야 다들 아는 이야기지만, 그림 속 여인의 분홍색 상의는 오늘따라 더욱 도드라져 보이고 일을 혼자 나올 수밖에 없었던 그녀의 사정이 안타깝습니다.

　🐌　자본주의가 여전히 지금 사회의 주력으로 자리 잡은 것은 끝없이 변화했기 때문이라고 합니다. 자본의 논리만 앞세웠다면 벌써 사라졌을 제도인데 나누는 것에 관심을 갖기 시작했고, 점점 그런 방향으로 진화해 왔다는 것이지요. 생각해 보면 주위를 돌아보지 않고 성공한 제도는 없었습니다. 당장은 유용했겠지만, 긴 수명을 유지할 수는 없었지요. 양에 관계없이 낮은 곳을 향해 눈길을 주는 것, 우리가 잊지 말아야 하는 것 중 하나입니다. 아무도 없는 들판에 몸을 다친 여인을 혼자 있게 해서는 안 될 일입니다. 우리도 그렇게 혼자 있을 수 있거든요. ▨

미하일 콘스탄티노비치 클로트 (Mikhail Konstantinovich Clodt, 1832~1902) 🖋

러시아의 상트페테르부르크에서 태어났다. 아버지는 러시아 최초의 목판화가였고 삼촌은 조각가였다. 왕립 아카데미에서 공부한 후 파리와 이탈리아를 여행했고, 귀국 후에는 러시아 구석구석을 방문하면서 아름다운 풍경을 그림에 담았다. 이동파의 창립 멤버였지만 아카데미 교수가 되면서 이동파로부터 탈퇴하라는 압력을 받기도 했다.

미하일 콘스탄티노비치 클로트

◇

농부의 아내

Peasant Woman

Oil on canvas | 1871

야단났습니다. 왜 이 소란이 일어난 걸까요? 연습을 하다가 자꾸 불협화음이 나는 것 때문에 커진 말다툼이 이 지경에 이르렀나 봅니다. 왼쪽 남자가 작은 칼을 빼 들었습니다. 눈도 감았군요. '보이는 것이 없는 사람'이 제일 무섭죠. 그 남자를 필사적으로 막는 남자도 오른손에 뭔가를 쥐었습니다. 말려야 할 사람들은 내 알 바가 아니라는 듯 즐겁습니다. 불구경과 싸움 구경이 제일 재미있다는 못된 말도 있지만 정말 한심한 동료들이군요. 가장 안타까운 사람은 왼쪽에 있는 여인입니다. "그만해"라고 간절하게 말하고 있지만 그 소리가 두 사람에게 들리겠습니까? 사람 사는 것이 그렇습니다.

🐚 어쩌다가 우리 사는 곳이 이렇게 무관심과 아집의 극한으로 달려가게 되었는지 답답합니다. 나와 관계없는 일이면 옆에서 사람이 어떻게 되어도 외면하고 나의 이익이 조금이라도 침해되는 순간 수단과 방법을 가리지 않습니다. 물질만 양극화되는 것이 아니라 타인에 대한 배려도 그렇습니다. 지금이야 어떻게든 살아가겠지만, 훗날 우리 사회 모습은 어떻게 변모할지 알 수가 없습니다. 우리 아이들이 살아갈 미래를 위해서라도 어른들이 공동선에 대한 고민을 해야 하지 않을까요? 다시 태어나고 싶은 곳을 만드는 것은 어른들의 책임이거든요. 🔳

조르주 드 라 투르 (Georges de la Tour, 1593~1652) ✒

프랑스 낭시 부근에서 태어났다. 17세기에 가장 흥미로운 화가 중 한 명이었던 그는 1915년, 독일의 미술역사학자 헤르만 보스에 의해 재발견될 때까지 300년 가까이 잊힌 화가였다. 생전에는 영주들과 왕에게 작품 의뢰를 받을 만큼 명성을 떨쳤고 종교화와 풍속화에 능했다. 아내의 죽음에 극도로 괴로워하다가 보름 뒤에 아내의 뒤를 따라 세상을 떠났다.

조르주 드 라 투르

싸우는 음악가들

Quarrelling Musicians

Oil on canvas | 94×140cm | 1625~1630

토볼레는 북부 이탈리아에서 가장 큰 호수인 가르다 호수 주변 마을 중 하나입니다. 여인들이 빨래를 들고 나왔습니다. 그런데 빨래터가 좀 모자라는 모양입니다. 빨래를 내려놓고 서 있는 여인도 있고 아예 계단에 앉아 차례를 기다리는 여인도 있습니다. 혹시 한동안 날씨가 좋지 않았는데 모처럼 갠 날, 그동안 밀렸던 빨래를 가지고 나온 여인들이 한꺼번에 몰린 것일까요? 보통 빨래터는 수많은 정보와 소문이 교환되는 곳인데, 그림 속 여인들은 지금 무슨 이야기에 열중하고 있을까요? 생각해 보면 몇 안 되는 사람들 사이의 숨은 이야기쯤, 잘 빨아 밝은 곳에 널어놓으면 아무것도 아니겠지요.

🖤 이런저런 이야기에 속을 끓일 때가 있습니다. 우리말의 특징 중 하나는 표현이 풍부하다는 것이고 그런 것들이 문학에 많은 도움이 된다는 글을 읽은 적이 있습니다. 하지만 사실을 전달할 때는 풍부한 표현보다는 정확한 어휘가 필요하지요. 더구나 한 다리 건널 때마다 조금씩 팩트가 흐려지는 소문은 좋은 쪽보다는 나쁜 쪽으로 커져 가고, 그 영향은 소문의 대상이 되는 사람에게 치명적일 수 있습니다. 이야기를 옮기는 것이야 우리가 가진 본능에 속한 것이니 뭐라고 할 수는 없지만, 마음을 중간 중간 깨끗하게 빨아 너는 것은 우리의 몫이 아닌가 싶습니다. 함께 빨래하러 가실래요? 🖤

페데르 모크 몬스테드 (Peder Mork Monsted, 1859~1941) 🖋

덴마크의 그레노 근처에서 태어났다. 코펜하겐 미술 아카데미에서 공부한 그는 사진과 같은 풍경화로 당대 최고의 풍경화가라는 평가를 받았다. 평생 여행을 즐겼고, 그가 찾는 곳은 그의 작품의 소재가 되었다. 여러 화가의 화풍을 자신의 것으로 만든 그를 평론가들은 '바르비종파와 인상파 화풍에 대기의 모습을 환상적으로 변형, 표현한 젊은 스칸디나비안 풍경화가'라고 정의했다. 참 긴 칭찬이었다.

토볼레의
빨래하는 여인들

Washer Women, Torbole

Oil on canvas | 32×41cm

그러지 말고 좀 큰 소리로 읽어 봐! 그래 뭐라고 쓰여 있는 거야? 신문을 든 사내 옆으로 사람들이 모여들었습니다. 신문을 읽는 사람이나 주변 사람 모두의 표정이 심각합니다. 기사의 내용이 그들 모두와 관련된 것이겠지요. 아무리 봐도 오른편에 앉은 두 노인은 읽기보다는 듣는 편이 더 편한 것 같습니다. 맨 오른쪽에 앉은 노인의 자세가 가장 간절합니다. 손은 기도하듯 모아서 무릎 위에 올려놓았고 빈약한 다리는 긴장한 듯 자신도 모르게 뒤로 당겨져 있습니다. 가진 것도 없고 힘도 없는 농민들을 긴장시키는 이 기사의 내용이 무엇인지 저도 궁금합니다. 이 사람들을 걱정스럽게 하는 일이 없었으면 하는 바람인데, 그것은 지금 우리가 사는 이곳에서도 유효합니다.

  🐚 나이를 같이 먹어 가는 친구들이 가까이 있다는 것은 큰 행운입니다. 요즘은 워낙 이사가 잦아 아이도 어른도 오랜 친구 관계를 유지하는 것이 쉽지 않습니다. 몇 년 전, 처음으로 초등학교 동창회가 있었습니다. 40여년 만에 만난 동창들 중에는 이름을 떠올리고서야 얼굴을 알아볼 수 있는 친구들이 있는가 하면 보는 순간 바로 이름을 부를 수 있는 친구들도 있었습니다. 저와 같은 동네에 길 하나를 두고 살았던 친구도 있었습니다. 지나간 시간이 적당히 서로를 바꿔 놓았지만 지금부터라도 함께 나이를 잘 먹어 보자는 다짐을 했습니다. 가끔은 이런 순간도 있어야 합니다. 그런데 그대와 나는 얼마나 떨어져 있는 것일까요? 🖼

빌헬름 라이블(Wilhelm Maria Hubertus Leibl, 1844~1900) ✒

독일 퀼른에서 태어났다. 뮌헨 아카데미에서 공부한 그는 뮌헨에서 열린 사실주의 화가 쿠르베의 전시회를 보고 깊은 충격을 받는다. 쿠르베의 초청으로 파리로 건너갔지만 곧이어 발발한 보불전쟁 때문에 독일로 돌아와야 했다. 독일 사실주의 대가였던 그는 농민들의 모습을 담은 작품으로 당대 사람들의 인기를 끌었다. 그를 따르는 후배 화가들은 '라이블 그룹'을 만들기도 했다.

빌헬름 라이블

대화 중인 농부들
Peasants in Conversation

Oil on panel | 76×97cm | 1878~1879

어르신들이 모여 함께 연주하고 있습니다. 그런데 바이올린 연주자가 연주를 멈췄습니다. 뭔가 이상한 음이 들렸던 것이지요. 그러고는 슬며시 호른을 연주하는 사람 뒤에 서서 귀를 기울였습니다. 호른이 문제인 것 같군요. 악보를 뚫어져라 쳐다보면서 양 볼에 바람을 잔뜩 넣은 호른 연주자는 주위의 그런 분위기를 아는지 모르는지 자신의 것을 열심히 연주하고 있습니다. 제 느낌으로는 호른 연주자가 신참이거나 아니면 낮술을 한잔한 모습입니다. 바이올리니스트의 표정은 점점 심각해지고 있지만 전체적인 분위기는 유쾌합니다. 어르신들의 건투를 빕니다.

🐚 자기가 맡은 파트의 음을 정확하게 내는 것이 음악 단원의 기본일 것입니다. 그다음에 강하고 여리고 빠르고 늦음을 더하는 것은 지휘자의 몫이지요. 물론 각자가 모여 하나를 이루는 데는 지휘자의 역할이 중요하지만, 그 전에 먼저 해야 할 것은 단원들끼리 서로의 음을 듣는 것입니다. 자신의 파트만 잘한다고 해서 전체가 완벽해지지는 않습니다. 신께서 만든 악보가 있다면 우리 모두는 하나의 음표일 것입니다. 작은 불협화음들이 끝없이 이어지는 세상, 좋은 지휘자가 필요하다는 말이 여기저기서 들리죠? 한편 우리는 과연 얼마나 주의 깊게 옆 사람의 소리를 듣고 있는 것일까요? 🎵

헤르만 케른(Hermann Armin von Kern, 1838~1912) ✒

오늘날의 슬로바키아에서 태어났으나 당시는 오스트리아 헝가리 제국의 영토였기에 오스트리아 화가로도 헝가리 화가로도 인정받고 있다. 비엔나 아카데미와 뒤셀도르프 아카데미를 거쳐 뮌헨 아카데미에서 공부했고 부다페스트에서는 초상화와 풍속화로 명성을 얻었다. 당시 오스트리아 황제인 요세프 1세의 궁정 화가로 왕성한 활동을 했다.

헤르만 케른

가락이 맞지 않는 음

A False Note

Oil on canvas | 57.7×80cm

셋.

그리움과 사랑,
그 찬란함

그리움

디지털에게 자리를 내준 아날로그가 그리워졌습니다.
그때 그 사람들은
모두 어디로 사라진 것일까요?

가이 로즈

곤란한 답장
The Difficult Response

Oil on canvas | 73.7×61cm | 1910

햇살이 얼마나 좋은지 창밖에 핀 노란 꽃에 닿은 햇살이 그대로 방 안으로 들어와 바닥까지 노란색으로 물들였습니다. 당시 미국을 휩쓴 일본풍 옷을 입은 여인의 한숨 소리만 아니면 아주 화사하기 이를 데 없는 장면입니다. 턱을 괴고 있는 여인의 표정이 심상치 않습니다. 펜을 들었지만 쉽게 편지가 써지지 않습니다. 지금 아주 곤란한 답장을 쓰는 중이기 때문이겠지요. 받아들일 수도, 그렇다고 거절할 수도 없는 상황 속에서 마음을 정하는 것은 쉬운 일이 아닙니다. 그래도 한 글자 쓰고 한 번 우는(예전에 이런 노래 제목이 있었죠) 것보다는 행복한 것 아닐까요?

✒ 손편지를 써 본 것이 언제인가 싶습니다. 사회생활을 시작하고도 꽤 오랫동안 편지지나 엽서로 소식을 주고받았습니다. 물론 전화가 있었지만 깊은 이야기나 쑥스러운 이야기 같은 것은 아무래도 생각을 깊게 할 수 있는 편지가 제일이었습니다. 밤에 써 놓고 아침에 읽어 보면 고칠 곳이 한두 군데가 아니었습니다. 그래서 못 보낸 편지도 꽤 있었지요. 보내 놓고 답장을 기다리는 시간은 또 얼마나 초조하면서도 즐거웠는지. 지금은 이메일로 모든 것을 대신하고 있습니다. 물론 오랜만에 받는 소식은 기쁘지만 촉촉한 느낌은 없습니다. 한 달에 한 번은 편지지에 편지를 쓰겠습니다. 그러니까 그대도 꼭 답장을 보내 주었으면 좋겠습니다. 약속할 수 있죠? ▨

가이 로즈 (Guy Rose, 1867~1925) ✒

미국 LA 근처의 샌 가브리엘에서 태어났다. 아홉 살 때 사냥을 나갔다가 얼굴에 총상을 입고 치료 중 스케치와 수채화를 배우면서 화가의 꿈을 키웠다. 훗날 파리에서 미술 공부를 했고 살롱전에도 출품했다. 모네와 아주 친한 사이였던 그는 미국 인상파 화가 중 프랑스 인상주의와 가장 많이 닮았다는 말을 들었는데, 물감에 섞인 납 중독으로 세상을 떠나고 말았다.

칼 라르손

——◇——

신문을 읽는 숙녀

A Lady Reading a Newspaper

Watercolor | 1886

돗자리를 깔고 비스듬히 누워 신문을 보면서 턱을 고인 한쪽 팔은 풀밭에 내려놓았습니다. 거실 소파 위가 더 어울릴 것 같은 모습이지만, 사선으로 들어오는 햇빛 아래에서 가볍게 흔들리는 풀들과 부드러운 바람의 움직임을 느끼며 저렇게 신문을 읽어도 좋겠다 싶습니다. 신문이 아니라 책이면 더 좋을 것 같은데, 여인의 세련미를 더 보여 주기 위한 연출이었을까요? 제가 다녔던 고등학교 교정에는 시멘트로 된 스탠드가 있었습니다. 수업이 끝나고 학원 갈 시간이 남으면 간혹 그곳에서 책을 읽었습니다. 전혜린과 카뮈 그리고 가끔은 황석영과 한수산을 그곳에서 만났습니다. 그 기울어 가던 햇살이 그립습니다.

    ✎ 시내를 나갈 때 전철을 이용합니다. 집에서 읽던 책을 들고 타는데 적당히 흔들거리는 전철의 리듬에 맞춰 책을 읽는 재미가 좋습니다. 학교 다닐 때 전철을 타면 대개 책을 읽었고 그렇게 읽은 책이 꽤 많습니다. 그리고 그것이 버릇이 되었는지 요즘도 차 안에서 멀뚱하게 서 있으면 이상합니다. 그런데 얼마 전 시내를 나가다가 주위를 둘러보았더니 거의 모든 사람이 휴대전화기를 보고 있더군요. 각자의 취향이니 제가 뭐라고 할 수 없지만, 책을 보던 사람들이 많았던 그때 풍경이 떠올랐습니다. 그리고 디지털에게 자리를 내준 아날로그가 그리워졌습니다. 그때 그 사람들은 모두 어디로 사라진 것일까요? ✎

칼 라르손 (Carl Larsson, 1853~1919) ✎

스웨덴의 스톡홀름에서 태어났다. 폭군이었던 아버지가 집에서 쫓아내는 바람에 어머니, 동생과 함께 매음굴 근처에서 자라야 했다. 스톡홀름 미술 아카데미에서 공부한 후 잡지사의 삽화가로, 신문사의 그래픽 아티스트로 활동했다. 파리 유학 중 화가인 카린을 만나 결혼했고 이후 수채화로 전향하게 되는데, 어려웠던 어린 시절의 흔적은 밝고 유쾌한 그의 작품 어디에도 없었다.

비
Rain

Oil on canvas | 91.44×91.44cm | 1921

낮은 언덕으로 둘러싸인 곳에 작은 호수가 보였습니다. 그리고 전라의 여인이 등장했습니다. 그런데 여인이 호수에 가까이 다가가는 순간 후드득 빗방울이 떨어졌습니다. 호수 위에는 작은 동심원들이 만들어졌고, 여인은 몸에 부딪히는 빗물에 몸을 살짝 움츠렸습니다. 호수에서 수영하려고 나왔다가 비가 내린 것이 아니라, 비가 와서 호숫가로 나선 것이라면 이렇게 낭만적인 광경도 흔하지 않습니다. 아무것도 걸치지 않은 맨몸이 주는 자유로움이 속진(俗塵)을 씻어 내는 빗속에서 더욱 싱그럽습니다. 생각해 보면 지금은 잃어버린 우리의 모습 중 하나입니다.

🖋 예전보다 할 수 있는 일이 아주 많아졌습니다. 처음 사회생활을 시작할 무렵, 점심시간에는 식사를 끝낸 직원들이 자신의 책상에 앉아 책 읽는 모습을 쉽게 볼 수 있었습니다. 퇴근 후에도 회식이 아니면 대개 곧장 집으로 돌아가곤 했지요. 지금은 마음만 먹는다면 할 수 있는 일이 무궁무진합니다. 분명 지금 시대는 예전보다 풍족하고 여유로워졌습니다. 그런데 그때보다 지금이 훨씬 더 행복하다고 말하기는 어렵습니다. 무엇이 문제일까요? 혹시 풍요로운 만큼 속박은 더 심해져 나 스스로 더 굵어진 그 속박의 굴레 속으로 들어가고 있는 것은 아닐까요? 가끔은 훌훌 털어 버리는 것, 몸을 옥죄고 있는 것들을 잘라 버리는 것, 꼭 해 봐야 할 일입니다. ▨

마티아스 알튼(Mathias J. Alten, 1871~1938) 🖋

독일 구텐베르크에서 태어나 열여덟이 되던 해, 가족과 함께 미국 이민 길에 올랐다. 미국에서 가구 공장 장식가로 활동하던 그는 후원을 받아 파리에서 미술 공부를 했고 귀국해서는 정물화와 초상화, 풍경 화가로 활동하는데, 특히 자연에 대한 자신의 감정을 그림에 담은 풍경화로 전국적인 명성을 얻는다.

라우릿스 안데르센 링

헤르만 캘러 여섯 아이의 옆모습이 담긴 초상화

Six portraits in Profile, Herman Kahler's children

Oil on wood with gold background | 30.5×53cm | 1898

이 작품을 처음 봤을 때 웃음이 났습니다. 이런 구도를 생각한 화가의 아이디어 때문이었지요. 나이 순서대로 아이들을 죽 세워 놓고 옆모습을 그린 것인데 닮은 곳과 닮지 않은 곳이 확실하게 보입니다. 아이들 표정도 재미있습니다. 따분하다는 듯 하늘을 보는 아이가 있는가 하면 아주 못마땅한 표정도 보입니다. 또 자신을 그리고 있는 화가에게 호기심을 보이는가 하면 아무런 관심도 없는 아이가 있습니다. 그러다 보니 각자의 성격도 알 수 있을 것 같습니다. 쾌활한 성격일 것 같은 아이가 있는가 하면 고집이 셀 것처럼 보이는 아이도 있습니다. 아이들 얼굴을 보다가 문득 우리 사는 세상도 이렇겠구나 싶었습니다. 누가 가장 마음에 드시는지요?

✎ 요즘은 휴대전화 카메라 기능이 일반 카메라 못지않아서 사진을 자주 찍게 됩니다. 그런데 쉽게 많이 찍는 것은 좋지만 정작 차분하게 앉아서 사진을 감상할 기회는 많지 않습니다. 필름 카메라를 쓰던 시절, 사진관에 필름을 맡기고 사진을 찾는 날까지 혹시 잘못 찍었을까 봐 마음을 졸였던 기억이 있습니다. 인화되어 나온 사진을 앨범에 붙이고 시간이 날 때마다 들쳐보면 행복했었지요. 지금도 그때 사진을 보면 기분이 좋습니다. 그래서 요즘 가끔 사진을 인화합니다. 그렇게 하지 않으면 추억을 영원히 휴대전화기 속에 가둬 놓을 것 같거든요. 찍어 놓고 한 번도 보지 않은 사진, 얼마나 있으신가요? 🖼

라우릿스 안데르센 링 (Laurits Andersen Ring, 1854~1933) ✒

친구의 어머니 요안나와 사랑에 빠진 적이 있었다. 결국 다시 가정으로 돌아간 친구 어머니로 인해 비련으로 끝났다. 노벨문학상을 수상하게 되는 헨리크 폰토피탄과 라우릿스는 친구 사이였는데, 훗날 이 이야기를 들은 폰토피탄은 링의 이야기를 소설로 쓰게 된다. 주인공은 누가 봐도 링이었다. 결국 이 소설이 링의 아물어 가던 상처를 다시 훑고 말았다.

한가로움

La pereza

Oil on canvas | 64.5×54cm | 1898~1900

소파에 엎드려 있던 여인이 고개를 들었습니다. 어디 가려고 준비하는 거야? 올려다보는 여인의 눈매에는 지금 이대로 있고 싶다는 마음이 쓰여 있습니다. 침대 양쪽 다리가 묘사되지 않은 바람에 여인과 침대는 하늘에 떠 있는 것처럼 보입니다. 그렇기 때문에 여인의 나른함은 무겁기보다는 옷에 둘러진 푸른색 줄무늬처럼 가볍고 경쾌해 보입니다. 저라면 여인 얼굴 앞에 의자를 놓고 앉아 여인의 이야기를 들어 주고 싶습니다. 한가로움은 자주 오는 것이 아니거든요.

🖋 요즘 일상은 한가로움을 허락하지 않는 것 같습니다. 휴대전화기가 발달하면서 그동안 맺었던 인연들이 전화기를 통해 끝없이 안부를 물어 오고 소식을 나누자고 초인종을 누릅니다. 좋은 소식과 나쁜 소식이 섞이면서 그것에 대한 반응도 즉각적이 되었습니다. 집에 전화기를 놓고 출근하는 날은 불안한 마음으로 하루를 보내곤 합니다. 무엇이 잘못된 것일까요? 말 그대로 거대한 망에 걸린 곤충이 되고 말았습니다. 한가로움을 못 견디는 제가 참 밉습니다. 그대와 내가 망에 걸린 곤충이 되는 것, 그대도 원하지 않으시죠? 🔲

라몬 카사스 이 카르보 (Ramon Casas y Carbo, 1866~1932) 🖋

바르셀로나의 부유한 가정에서 태어났다. 열두 살에 정규교육을 그만두고 호안 비첸스 화실에 입학, 그림 공부를 시작했다. 이후 파리를 여행하고 난 뒤 파리와 스페인을 오가며 그림을 그렸다. 결핵에 걸렸지만 병을 이겨 낸 그는 인상파와 아카데미즘의 중간쯤에 서 있다는 평을 들었고 그의 명성은 유럽과 미국에도 퍼졌다. 쉰여섯에 14년간의 열애 끝에 결혼했는데, 그의 아내는 그보다 스물두 살이나 아래였다.

한스 달
—◇—

눈부신 풍경
Admiring the view

Oil on canvas | 78.7×119.4cm

잠시 하던 일을 멈추고 건너편 산으로 시선을 돌렸습니다. 정상에 쌓인 눈이 녹아 흐르던 물은 산허리에서 아래로 떨어지면서 거대한 폭포가 되었습니다. 여인이 서 있는 곳은 햇볕이 따사롭고 풀과 꽃들이 한창이지만, 그녀 시선이 닿는 저 멀리는 아직도 만년설에 뒤덮인 봉우리들이 푸른색, 회색 덩어리로 우뚝 서서 또 다른 세상을 지키고 있습니다. 쇠스랑을 세워 들고 허리에 손을 얹은 여인의 뒷모습은 당당한 북구의 여신처럼 보이는데요, 그렇지만 그녀의 고개가 향한 방향은 옅은 안개가 낀 건너편 산들입니다. 그녀의 시선을 따라가다 보면 묘한 그리움 같은 것이 느껴집니다. 산에 막혀 버린 그리움 같은 것 말입니다.

✒ 늘 여행을 떠나는 꿈을 꿉니다. 떠난다는 것은 다시 돌아온다는 것을 전제하기 때문에 피하는 것과는 분명히 다릅니다. 비록 힘들고 지치겠지만 훗날 더 멀리 가기 위한 에너지가 핏줄 하나하나, 세포 하나하나에 녹아들어 가기 때문에 집을 떠나 낯선 곳을 찾는 꿈은 잠시도 미뤄서는 안 될 일입니다. 오늘부터라도 작은 수첩 하나를 준비해서 꿈을 적기 시작하면 어떨까 싶습니다. 물론 준비할 항목의 1번은 '떠날 수 있는 용기'여야 합니다. 살아가는 용기는 꾹꾹 가슴에 눌러 쓰는 그 단어부터 시작되거든요. 제일 먼저 가고 싶은 곳은 어디인가요? ✒

한스 달 (Hans Dahl, 1849~1937) ✒

장교가 되기 위해 열여섯 살에 군에 입대했다. 제대 후 독일 뒤셀도르프로 건너가 미술 공부를 시작했고 아카데미 졸업 후 화가로 정착했다. 이후 베를린으로 거처를 옮긴 그는 30년 가까이 베를린에 거주하는 동안 매년 노르웨이를 방문해 풍경을 그림에 담았다. 훌륭한 성품과 뛰어난 풍경화로 사람들로부터 사랑받았으며 당시로서는 드물게 아흔 살 가까이 장수했다.

프레드릭 바지유

그물을 든 어부
Fisherman with a Net

Oil on canvas | 134×83cm | 1868

물가에서 그물을 든 어부를 만났습니다. 부끄러운 듯 고개를 돌린 남자는 힐끗 우리를 쳐다보았습니다. 그물을 막 던지려고 하다가 들킨 듯한 모습인데 눈빛에서는 당혹감이 느껴집니다. 생각해 보면 아주 오래전 우리가 숲에서 머물던 시대의 모습입니다. 건강한 생명력을 온몸으로 뿜어내던 시절이었지요. 언제부턴가 그런 기운이 이성이라는 이름 아래 폄하되기 시작했고, 이제는 완전히 사라진 것 중 하나가 되었습니다. 이 작품은 출품 당시 많은 논란이 있었지요. 사실적인 남자의 누드가 대중적이지 않았던 당시 상황을 생각해 보면 이해가 됩니다. 풍경화에 사람을 얹어 놓은 느낌이 나는 것은 바지유 작품에서 볼 수 있는 묘사 방법이지요.

🖋 모든 것이 편해지면서 우리에게서 점점 사라지는 것들이 많습니다. 그중에는 우리 몸속에 있는 원초적인 야성의 감도 있습니다. 야성은 위험에서 빠져나오는 힘의 근원이기도 하지만, 새로운 것을 향한 도전의 원천이기도 합니다. 디지털이 가져다주는 간단함이 아날로그의 복잡함을 대신하면서 스스로 무엇인가를 해보고자 하는 힘이 날이 갈수록 약해지고 있는 것을 부정할 자신이 없습니다. 아무래도 숲으로, 물가로 가 봐야겠습니다. 책상 앞에서는 만날 수 없는 야성이 그곳에는 분명 있을 것 같거든요. ▨

프레드릭 바지유(Frederic Bazille, 1841~1870) 🖋

부유한 가정에서 태어나 의학과 미술을 동시에 공부했다. 의사 시험에 낙방한 후 본격적으로 화가가 된 그는 가난한 인상파 화가들의 경제적인 후원자 역할도 수행했는데, 특히 친한 친구였던 모네의 경제적인 어려움을 해결해 주곤 했다. 살롱전에도 당선된 그는 보불전쟁이 발발하자 전쟁에 참여했고 전투에서 목숨을 잃었다.

그리움

존 조제프 이네킹

가시 빼기

Pulling out the Splinter

Oil on canvas | 85.1×114.9cm | 1894

발을 움직이지 말고, 아파도 조금만 참아야 한다. 할아버지는 큰 손으로 작은 아이의 발을 꼭 쥐고 발바닥에 박힌 작은 가시를 빼기 시작했습니다. 겁이 난 아이는 할아버지의 손을 잡았고 따끔거리는 통증 때문인지 금방이라도 울 것 같은 표정입니다. 그것을 지켜보는 동생과 누나의 표정도 함께 일그러졌습니다. 마치 자신의 발바닥에 박힌 가시를 빼는 것 같은 기분 때문이겠지요. 돋보기안경을 쓴 할아버지의 시선도 아이의 발에 고정되어 있습니다. 발바닥이나 손바닥에 보이지 않는 가시가 박히면 여간 성가신 것이 아닙니다. 이제 조금만 참으면 될 것 같습니다.

✤ 시간이 지나도 편하지 않은 일들이 있습니다. 그때 일을 떠올리면 화끈거리기도 하고 침울해지기도 합니다. 잘라 버리고 싶은 기억이지만 그런 것들은 오히려 더 생생하게 떠오릅니다. 우리 마음에 박혀 있는 가시인 것이지요. 발바닥이나 손바닥에 박힌 것과 다를 것이 없습니다. 마음이 가만히 있을 때는 아무렇지도 않지만 마음이 움직일 때마다 따끔거리는 통증, 마음의 가시를 빼내는 것은 정말 어려운 일입니다. 그렇다고 살아가는 동안 가시에 찔리지 않을 수는 없습니다. 뺄 수 없다면 함께 사는 수밖에 없습니다. 따끔거리는 것, 그것은 내가 살아 있다는 또 다른 표시거든요. ▨

존 조제프 이네킹 (John Joseph Enneking, 1841~1916) ✐

독일에서 미국 오하이오로 이민 온 가정에서 태어났다. 어려서부터 미술에 뛰어난 재능을 보였고 남북전쟁에 참전했다가 부상을 입고 남군의 포로가 되기도 했다. 독일을 거쳐 파리에서 유학했으며 당시 유행하던 인상주의 화가들과 친분을 맺었는데, 특히 모네와 친했다. 미국으로 돌아와 작품 활동을 시작한 그는 미국 최초의 인상파 화가라는 평을 얻었다.

그
리
움

사랑

흔들리지 않을 자신만 있다면,
기다리는 것은 별을 가슴에 담는 일입니다.

밤새 깊은 잠을 잘 수가 없었겠지요. 날이 밝자 제일 먼저 문을 열고 크리스마스트리 밑을 살펴보고 있습니다. 문을 조심스럽게 열고 있는 소녀와 무릎을 꿇고 문밖을 내다보는 소년의 자세에서 두근거림이 보입니다. 어김없이 올해도 산타클로스 할아버지는 작은 선물을 밤에 몰래 놓고 가셨습니다. 지난 한 해 동안 소년과 소녀가 잘 자라준 것에 대한 칭찬이 그곳에 있습니다. 트리에 걸린 작은 전등들이 마치 반짝이는 보석처럼 빛나고 있는 지금은 크리스마스 아침입니다. 아이들 가슴도 아마 반짝반짝 빛나고 있을 겁니다.

🌢 그림을 처음 볼 때 순간적으로 떠오르는 단어가 있습니다. 예를 들면 사랑, 자비, 행복, 고요 같은 것들이지요. 그러다가 자세히 보면 다른 단어들이 그 위에 겹쳐집니다. 그림을 보면서 느낌이 조금씩 변하기 때문입니다. 그런데 이 작품은 볼 때마다 떠오르는 단어가 딱 하나입니다. '두근거림'입니다. 문을 열고 내다보는 것, 문밖의 세상이 지금 내가 있는 곳보다 훨씬 밝다는 것 그리고 행동이 조심스러운 아이들의 모습. 이런 모든 것을 합하면 '두근거림' 외 다른 단어를 생각할 수가 없었습니다. 산다는 것은 우리 앞에 끝없이 서 있는 문을 차례로 여는 것인데 그때마다 '두근거림'이 함께한다면 얼마나 행복할까요? 오늘 어떤 문을 열어 보셨는지요? 🎨

헨리 모슬러 (Henry Mosler, 1841~1920) 🖋

어려서부터 목각 조각에 뛰어난 솜씨를 보였다. 그의 아버지는 그를 화가로 키우기 위해 전폭적으로 지원했다. 남북전쟁이 일어나자 종군화가로 참전, 전장의 모습을 그림에 담았다. 초상화와 정물화에도 능통했고 나중에는 풍속화에 중점을 두었는데, 뤽상부르 미술관이 전시를 위해 구입한 미국 출신 화가의 첫 작품이 그의 것이었다.

크리스마스 아침

Christmas Morning

Oil on canvas | 60,96×52,07cm | 1916

시간이 되어도 나타나지 않는 남자 때문에 여인의 표정에 짜증이 내려앉았습니다. 보다 못한 어머니는 안경을 끼고 햇빛을 막는 발을 쳐든 채로 길을 내려다봅니다. 딸아이만큼 어머니도 답답한 마음이겠지요. 식탁 모서리에 걸터앉아서 하늘을 올려다보는 자세나 땅바닥에 던져 놓은 부채로 봐서는 화가 단단히 난 것 같습니다. 여인의 불편한 심사가 하늘을 찌를 것처럼 보이는데, 꽃도 기둥도 탁자 위의 술병도 모두 하늘로 솟아 있는 것뿐이군요. 길거리에서 두 시간도 기다린 적 있는 제가 한마디 건네고 싶습니다. "아가씨, 기다리지 못하면 못 만납니다. 아니면 찾아 나서던지……."

🐚 기다림을 전제하지 않는 사랑도 있을까요? 경험을 들춰 보면 사랑을 채우고 있는 것들 중에는 기다림이 큰 몫을 차지합니다. 기다림은 그리움 때문에 시작되는 것이기 때문이지요. 편지통 앞에서 서성거렸던 것이나 시도 때도 없이 전화 벨 소리를 기다렸던 것들 그리고 버스 정류장 앞에서 도착하는 버스의 열리는 문을 바라보던 시간들이 쌓여 사랑이 만들어졌습니다. 요즘은 실시간으로 전화를 주고받기 때문에 그런 식의 기다림은 화석이 되었다고 그대는 말하겠지요. 하지만 살아가다 보면 수많은 기다림이 있고 그것에 익숙해져야 합니다. 흔들리지 않을 자신만 있다면, 기다리는 것은 별을 가슴에 담는 일입니다. ◼

장 비버트 (Jean George Vibert, 1840~1902)

파리에서 태어났다. 그의 외증조할아버지는 유명한 조각가였는데 그 밑에서 조각을 배우다가 회화로 방향을 전환했다. 에콜 데 보자르에서 공부한 그는 살롱전에 출품해 수상했고 초기 작품 주제는 극적인 장면을 묘사하는 것이었으나 얼마 후 일상 모습이나 성직자 풍자로 주제를 바꿨다. 보불전쟁 때는 파리에 남아 저격수로 활동하다 부상을 입기도 했다.

그이는 왜 안 오는 거지?

Why Comes He Not?

Oil on canvas | 62×50,8cm

부부가 함께 일하다가 따로 시간을 정한 것은 아니지만 점심시간이 되었습니다. 언뜻 봐도 소박한 음식입니다. 빵과 수프 그리고 음료수가 전부입니다. 한쪽 무릎을 세우고 조심스럽게 물을 따르는 남편의 자세가 진지합니다. 물론 물을 따르기 위한 자세지만, 마치 여왕 앞에 무릎을 꿇고 있는 기사와 같은 모습입니다. 힘들게 일한 아내를 향한 애틋한 마음이 담겨 있겠지요. 가을 들판에는 거둬야 할 것들이 많습니다. 특히 유럽 농촌에서 건초를 거두는 일은 겨울을 나기 위한 중요한 일이었습니다. 구름이 두 사람 위에 머물면서 땀에 젖은 몸을 잠시 식혀 주고 있습니다. 걸인의 찬, 왕후의 밥상이라는 말이 떠오릅니다.

요즘 지인 결혼식에서 당황스러운 순간을 만날 때가 있습니다. 새로운 가정이 탄생하는 순간이고 두 집안의 인연이 시작되는 의식인데 마치 쇼 무대를 보는 것 같을 때입니다. 시대가 예전과 달라졌다고는 하지만 결혼식이 갖는 숭고한 의미보다는 보여 주기 식의 내용이 더 많은 것이 제게는 여간 불편한 것이 아닙니다. 결혼은 당사자 두 사람이 축복받는 자리인 것 맞습니다. 그러나 1시간 남짓한 결혼 의식이 그 후 60년을 함께하는 시작점이라면 그 엄중하고 아름다운 시간을 어떻게 만들어야 할까요? 당신의 의견을 듣고 싶습니다.

줄리앙 뒤프레 (Julian Dupre, 1851~1910)

파리에서 태어났다. 보석 관련 일을 하던 아버지의 가업을 잇고자 했지만, 보불전쟁 여파로 가게 문을 닫게 되었고 그는 에콜 데 보자르에 입학, 미술을 공부하게 된다. 브르타뉴와 노르망디의 농촌 풍경을 주제로 작품 활동을 한 그는 30년 넘게 파리 살롱전에 출품했고, 1889년 파리 박람회에서 1등 상을 수상하면서 유럽은 물론 미국까지 그의 명성이 알려졌다.

농부들의 점심
The Haymaker's Lunch

Oil on canvas | 55.9×66cm

햇빛 좋은 오후 낚시를 나왔습니다. 준비해 온 바구니는 작은데, 걸려 올라온 고기는 아주 덩치가 큰 놈들입니다. 남자의 솜씨가 보통이 아닌 것 같습니다. 여인 앞에서 이 정도는 보여 줘야 말이 됩니다. 낚싯대를 잡은 손에는 더욱 힘이 들어가고 얼굴에는 보일 듯 말 듯 미소가 걸렸습니다. "어때, 나 낚시 잘하지?", "흠, 아주 잘하네요." 제 추측입니다만, 당분간 둘 사이가 좀 멀어질 것 같습니다. 여인의 심드렁한 표정에는 재미있다고 해서 낚시터에 같이 왔는데 아무래도 남자의 말에 '낚인 것' 같다는 생각이 가득 적혀 있거든요. 저는 여인의 마음이 이해됩니다. 쇼핑이 재미있다고 아내는 말하지만, 몇 번 따라가 본 제 경험은 그것만큼 지루하고 힘든 일이 없었거든요.

🖤 주위에서 중년 부부의 위기에 관한 이야기를 듣곤 합니다. '참을 만큼 참았다'라는 말에 '그동안 내 역할에 충실해 왔는데 이럴 수가 있느냐'라는 말이 앞서거니 뒤서거니 하더군요. 물론 역할은 충실히 하는 것이 중요합니다. 하지만 그것은 당연한 일입니다. 부부가 역할 때문에 맺어진 것은 아니거든요. 그 시작은 사랑이었고 그 끝도 사랑입니다. 같은 곳을 바라보고 같이 걸으면서 같은 이야기를 했던 시간이 얼마나 되는지 생각할 일입니다. 은행 적금 통장에 찍히는 액수가 올라가는 것은 늘 확인하지만, 서로의 마음에 있는 '적심 통장'은 확인하고 계신가요? 잔고가 충분하신가요? 그렇다면 행복하신 겁니다. 🖤

프레더릭 헨드릭 케머러 (Frederik Hendrik Kaemmerer, 1839~1902) ✒

네덜란드 헤이그에서 태어났다. 그곳에서 미술을 공부하고 난 뒤 화가로 활동하다가 스물여섯이 되던 해 파리로 이사한 후 평생 그곳에서 살았다. 파리에서는 장 제롬에게 그림을 배웠고, 파리 도착 10년 뒤 살롱전에서 수상했다. 그가 제작한 작품의 크기는 크지 않았지만, 완벽하게 마무리된 작품이었고 대중의 인기가 높았다.

프레더릭 헨드릭 케머러

낚시하는 오후
An afternoon of fishing

Watercolor | 24.1×35cm | 1870

결국 여인은 울음을 터트리고 말았습니다. 남자도 어지간히 화가 났는지 자세가 심상치 않습니다. 무릎에 척 올려놓은 손에 힘이 들어가 있고 자신의 힘을 과시하기 위해서인지 다리도 과도하게 벌렸습니다. 무슨 일 때문에 여기까지 이르렀는지 알 수 없지만, 이런 일도 사랑이 완성되기 위해서 겪어야 할 백 가지 중 하나라는 것을 두 사람은 아직 모르는 모양입니다. 두 사람이 앉은 벤치 뒤로는 단풍이 한창입니다. 봄과 여름을 푸르게 잘 보내고 이제 그 끝을 곱게 물들이고 있는데, 가을 앞에서 좀 부끄럽군요. 내가 뭐라고 했다고 울고 그래? 남자의 눈은 그렇게 말하고 있습니다. 아무래도 여인에게 당한 모습입니다. 여인의 눈물은 정말 무섭다는 것을 남자는 이제 알기 시작했을까요?

   지금까지 아내와 몇 번의 말다툼을 했을까요? 셀 수는 없지만 더는 아내의 낯선 모습을 만나지 않는 것은 분명합니다. 돌아보면 말다툼은 서로의 다른 생각을 하나로 만들어 가는 과정 중에 발생하는 일종의 잡음이었습니다. 마치 라디오를 듣기 위해 다이얼을 돌릴 때 정확한 주파수가 잡힐 때가지 중간 중간 들리는 소리와 같은 것이었지요. 제일 좋은 것은 잡음 없이 명쾌하게 서로를 아는 것이지만, 그럴 수 없다면 중간 중간 일어나는 적당한 다툼은 나쁘지 않습니다. 물론 원하는 주파수를 찾지 못해서 잡음만 듣다가 라디오를 던져 버리는 일은 없어야 하겠지만요. 주파수를 잡으셨는지요? ◻

프레더릭 헨드릭 케머러 (Frederik Hendrik Kaemmerer, 1839~1902) ✒

그의 작품은 섬세하게 세부적인 부분까지 묘사된 것이 특징이었다. 그가 살았던 세대보다 앞선 세대의 우아함과 화려함 그리고 달콤함을 그림의 주제로 삼았으며 꼼꼼한 터치와 생동감 넘치는 색상은 당시 대중에게 놀라움의 대상이 되었다. 특히 미국의 미술품 수집상들에게 매우 인기가 높았다.

프레더릭 헨드릭 케머러

말다툼

The argument

Oil on canvas | 50.2×76cm

이제 얼마 후면 손톱만큼 남은 구름 속 붉은 태양도 지평선 너머로 사라질 겁니다. 벌써 어둠은 저 끝에서부터 천천히 다가오고 있는데 사내의 이야기는 끝이 보이지 않습니다. 한 발을 다리 난간에 걸치고 몸을 기댄 그의 몸짓에서는 오늘은 반드시 결론을 내겠다는 결심 같은 것도 보입니다. 그렇게 생각되는 이유는 사내의 자세 때문입니다. 보통은 나란히 서서 지는 해를 바라보거든요. 혹시 사내의 이야기가 끝나고 나면 여인은 다리 왼쪽으로 사내는 오른쪽으로 사라질 수도 있겠다 싶습니다. 얼굴을 반쯤 돌려 줄 만도 한데 여인의 자세는 흐트러짐이 없습니다. 강 위의 배가 어둠 속에 잠기고 있습니다.

🖤 사랑은 가장 쉽거나 가장 어렵거나 둘 중 하나인 것 같습니다. 생각을 비슷하게 가져가는 것을 사랑이라고 정의한다면 무척 쉬운 일이지만, 같은 생각을 하는 것이라고 하면 그것만큼 어려운 것이 없습니다. '같이한다'는 것은 내가 곧 네가 되는 것이지만, 그것은 불가능한 일이지요. 비슷하다는 것은 다름이 있다는 것인데 다름을 인정하지 않는 순간 그것은 파국이 되고 맙니다. 대신 같아지기 위해 끝없이 노력하는 과정을 사랑이라고 보면 이것은 참 근사한 일이 됩니다. 또 다른 세상으로 떠날 때쯤 내가 사랑하는 사람과 99퍼센트쯤 같았으면 좋겠습니다. 그대의 사랑은 어느 정도인가요? 🖤

필립 윌슨 스티어 (Philip Wilson Steer, 1860~1942) 🖋

'다리(The Bridge)'라는 작품이 처음 전시되었을 때 평론가들의 악평은 대단했다. '고의적으로 못 그린 척 하거나 광란의 몸짓'이라고 평가했고, 이 평가를 들은 스피어는 그림 그리는 것을 포기할까 생각했을 정도였다. 절제된 색과 대기에 녹아든 빛이 훌륭하게 묘사되었지만 기존 틀에 갇혀 있던 평론가들에게는 그저 그런 작품으로 보였던 모양이었다.

다리

The Bridge

Oil on canvas | 49.5×65.5cm | 1887

담장 너머로 들려오는 소리에 여인의 가슴 한쪽이 무너져 내리고 있습니다. 지그시 눌러 보지만 그 통증은 시간이 지날수록 더 심해지고 있습니다. 담 너머 꽃을 들고 또 다른 여인을 희롱하는 남자는 여인의 연인입니다. 자신에게 쏟아 냈던 밀어들이 또 다른 여인에게 반복되는 것을 들어야 하고 보아야 하는 상황은 지옥에 있는 것 같겠지요. 깨지기 위해 만들어지는 것이 맹세라고는 하지만, 이 장면은 참 잔혹하군요. 그래서 사랑이라고 확실하게 말하는 데는 시간이 오래 걸립니다. 두 남녀가 이야기를 나누고 있는 문에 사선으로 깔린 햇살마저 그녀에게 날카롭게 다가서는 것 같습니다. 하긴 요즘 세상은 그림 속 내용보다 더하면 더했지 덜 하지는 않은 것 같습니다.

   🌿 "이제, 맹세하지 맙시다!"라고 말하고 싶지만 사랑 안에는 인내라는 것도, 상처를 이겨 내는 것도 있다는 생각이 듭니다. 물론 어느 한 편에만 일방적으로 해당되는 것도 아닐뿐더러 상대를 위해 참고 견딜 만한 가치가 있을 때 가능한 이야기입니다. 담 너머에서 들려오는 이야기에 여인이 좌절하는 것은 남자에게 자신의 가치가 어느 정도인지 확인되었기 때문이겠지요. 이 작품은 1,000점 가까이 인쇄되고 다시 그려질 만큼 인기가 있었습니다. 빅토리아 시대에 가장 뛰어난 작품이라는 평가를 받기도 했습니다. 사람들이 열광한 이유가 궁금합니다. 혹시 짐작이 되시는지요? 🔲

필립 칼데론(Philip H. Calderon, 1833~1898) 🖋

스페인인 아버지와 프랑스인 어머니 사이에서 태어났다. 그의 아버지는 원래 신부였지만 결혼을 위해 신부의 길을 포기했다. 그가 태어나던 해 아버지가 영국에 있는 학교의 교수로 임용되면서 영국으로 이사했기에 그는 영국 화가로 분류된다. 역사화를 거쳐 초상화 분야에서 뛰어난 작품을 남겼고 34세에 로열 아카데미 정회원이 되고 54세에는 로열 아카데미의 책임자가 되어 행정 분야에서도 활동했다.

깨진 맹세

Vows

Oil on canvas | 91.4×67.9cm | 1856

자네, 지금 뭐라고 했나? 당장 내 집에서 나가게. 따님을 사랑한다고 말씀드렸습니다. 비록 지금은 가진 것이 없지만 따님을 행복하게 할 자신이 있습니다. 여보, 이제 그만해요. 한바탕 소란이 일었습니다. 화를 참지 못한 아버지는 주먹을 불끈 쥐고 일어섰습니다. 아무리 생각해도 남자가 딸을 맡길 만한 형편도 안 되고 결국 딸을 힘들게 할 것 같기 때문입니다. 그동안 쌓은 자신의 경험과 판단이 젊은 두 사람의 미래가 밝지 못할 것이라고 자꾸 꼬드기고 있습니다. 딸은 맥이 빠졌습니다. 딸은 아버지가 원망스럽겠지요. 사랑만 있으면 무엇이든 이겨 낼 수 있는데 아버지는 그럴 수 없다고 하니 답답할 것입니다. 과거의 경험과 미래의 희망은 자주 부딪치곤 하지요. 진정한 사랑은 불가능한 것을 가능하게 만드는 힘도 있고 사람을 부패하지 않도록 하는 힘도 있습니다. 미래는 누구도 알 수 없지만, 젊은 사람들은 미래를 말할 수 있습니다. 딸을 이기는 아버지는 그렇게 많지 않습니다. 젊은이, 힘내요!

    🌿 결혼할 나이가 된 딸을 두었기에 딸아이의 남자 친구에 관심이 많은 것은 당연합니다. 저 역시 그림 속 아버지와 크게 다르지 않습니다. 아버지들의 딸에 대한 마음은 비슷하거든요. 대신 저는 조건을 하나 걸었습니다. 네가 사랑하는 사람을 만나기보다는 너를 더 사랑하는 남자를 만났으면 좋겠다. 미래에 대한 고민보다는 꿈이 더 많은 딸을 응원하고 싶습니다. 다행히 그런 남자를 만난 것 같습니다. 🖤

찰스 헤이우드 (Charles Haigh-Wood, 1854~1927) 🖋

영국 베리에서 태어났다. 맨체스터 미술 학교를 거쳐 로열 아카데미에서 공부했다. 3년간 이탈리아에 머물며 대가들의 작품을 공부한 그는 귀국 후 뛰어난 초상화가로 명성과 부를 함께 얻었다. 그의 딸 비비안은 집안의 반대에도 불구하고 시인 T.S 엘리엇과 결혼했지만, 정신병을 앓다가 이혼 후 세상을 떠난다. 엘리엇은 그다음 해 재혼했다. 아버지로서 헤이우드의 예감이 옳았던 것일까?

사랑이 끝내 승리할 것입니다

Love will triumph

Oil on canvas | 80×124cm

여름 저녁, 시원한 바람이 호수를 건너오는데 물끄러미 호수를 내려다보는 두 남녀의 옷과 발밑으로 저녁 햇살이 내려앉았습니다. 시선을 멀리 돌려 보면 숲 끝에는 지는 해가 걸렸고 그 위 하늘에는 저녁 느낌이 물씬 묻어 있습니다. 맑고 고요한 풍경 속에는 묘한 긴장감이 자리 잡고 있습니다. 남녀의 시선은 엇갈린 채 남자는 팔짱을 꼈고 여인은 가슴을 내민 채로 가볍게 뒷짐을 지고 있습니다. 잠시 말을 잃어버린 두 사람의 관계가 궁금합니다. 또 다른 에로티시즘이 녹아 있다는 평도 있지만 애써 감정을 참고 있는 듯한 모습으로도 읽힙니다. 이 작품 속에 묘사된 북유럽 풍경 속의 빛(Nordic Light)은 19세기 후반과 20세기 초, 스칸디나비아 반도의 화가들이 즐겨 사용했던 기법이었지요.

🌙 얼마 전 아내와 사별한 남자가 함께 사는 남자보다 사망률이 4.2배 높다는 신문 기사가 있었습니다. 그 기사를 읽고 난 아내가 저를 보고 앞으로 잘하라면서 아주 호탕하게 웃더군요. 나이 든 부부는 사랑보다는 우정으로 산다는 말을 가끔 듣곤 합니다. 과연 그럴까요? 두 남녀가 만나서 아이를 낳고 가정을 이루는 일은 세상의 어떤 일보다도 숭고한 일입니다. 그리고 그것은 사랑이 있었기에 가능한 일입니다. 사랑은 여전히 현재 진행형이고 그 완성은 세상을 떠날 때입니다. 사랑과 우정이 같지는 않습니다. 아닌가요? 🎐

> ### 스벤 리카르드 베르그 (Sven Richard Bergh, 1858~1919) 🖋
> 스웨덴의 스톡홀름에서 태어났다. 부모가 모두 화가였고 그의 형제들은 어려서부터 자연스럽게 미술을 접할 수 있었다. 파리 유학을 통해 그는 스웨덴 미술 아카데미의 보수적인 태도에 저항하는 운동의 리더가 되었고 스웨덴 낭만주의 운동의 선두 주자였다. 저술가이자 미술아카데미를 만들었던 그는 스웨덴 국립미술관장을 역임했다.

스벤 리카르드 베르그

북유럽의 여름 저녁

Nordic Summer Evening

Oil on canvas | 76.2×91.4cm | 1889~1900

남자와 여자의 표정이 심상치 않습니다. 비록 나란히 앉았지만 혹시라도 시선이 섞일까 봐 서로 다른 곳을 바라보고 있습니다. 그래도 서로에게 화가 풀리지 않은 모습입니다. 남자는 지팡이를 입에 대고 터져 나오는 화를 애써 참고 있습니다. 부릅뜬 눈에서는 아직 풀리지 않은 노여움이 보입니다. 그렇지만 여인의 분노도 그에 못지않습니다. 손에 감은 수건을 불끈 쥔 모습과 꼭 다문 입술, 눈물이 옅게 어린 눈을 보고 있으면 여인도 몸 전체로 끓어오르는 열기를 참고 있는 듯합니다. 그런데 걱정되지 않습니다. 화해하지 못할 정도가 되면 화도 나지 않거든요. 화가 났다는 것은 아직 상대에게 애정이 있음을 말하는 것이지요. 조금 지나면 다시 얼굴을 마주 보고 입씨름을 하겠지만 아마 그것으로 끝일 겁니다. 저도 많이 해 본 일이거든요.

❧　신혼 초에는 아내와 사소한 일로 토닥거리는 일이 종종 있었습니다. 지금 생각해 보면 사랑이라는 이름으로 결혼했지만, 서로 다른 세상에서 살다 왔으니 당연히 의견 차이가 날 수밖에 없었지요. 일종의 작은 문화의 충돌이었는데 그때는 결혼을 잘못한 것이 아닐까? 정말 사랑하고 있는 것일까? 하는 의문이 들 정도였습니다. 그런 과정이 쌓이면서 새로운 두 사람만의 문화를 만들었습니다. 부부 사이의 다툼, 서로의 인격만 건드리지 않는다면 해 볼 만합니다. 단, 사랑이 흔들리거나 다투는 시간을 길게 끌면 안 될 일입니다. 자꾸 이렇게 말한다고 그대, 저를 싸움꾼이라고 보시면 곤란합니다. 🎨

토마스 파에드 (Thomas Faed, 1826~1900) 🖋

스코틀랜드 커쿠브리에서 태어났다. 열두 살에 유화를 그릴 정도로 그림에 관심이 있었고 나중에 에든버러 미술 학교에서 공부했다. 스코틀랜드 시골의 소박한 풍속과 일상을 담은 그의 작품은 런던에서 많은 인기를 얻었으며 '빛의 질감을 살려 순간을 잡아내는 위대한 기록자', '대중의 관심에 직접 다가서는 신비한 능력의 소유자'라는 평가가 뒤따랐다.

토마스 파에드

◇

둘 다 잘못이야
Faults on Both Sides

Oil on canvas | 67.3 ×55.2cm | 1861

신부님이 소녀의 맥을 짚어 보고 있습니다. 소녀의 엄마인 듯한 여인은 그 순간도 기다릴 수가 없는지 신부님의 옷을 잡고 무슨 병인지 물어보고 있습니다. 살짝 들린 한쪽 발에서 여인의 다급함이 느껴집니다. 그런데 신부님 얼굴을 보니 도대체 모르겠다는 표정입니다. 그럴 수밖에 없지요. 소녀의 병은 몸의 병이 아니라 마음의 병이거든요. 상사병에 걸려 본적이 없어서 소녀의 상태를 정확하게 이해할 수는 없지만 짐작할 수는 있습니다. 그녀와 헤어지고 난 뒤 50일 가까이 아무것도 할 수 없었던 적이 있거든요. 그 어느 것도 도움 되지 않았고 결국 시간이 해결했던 기억이 남아 있습니다. 상사병은 열정과 좌절이 정면으로 부딪칠 때 남는 지독한 마음의 상처입니다. 궁금합니다. 소녀의 마음에 상처를 준 그 사람.

　　언제쯤 사랑이라는 것을 알게 되었던 걸까요? 가슴이 뛰고 얼굴을 보면 자신도 모르게 고개를 다른 곳으로 돌리는 것을 사랑의 징조라고 한다면, 제 경우에는 기억마저 가물거리는 초등학교 때였습니다. 그 이후 여러 번 사랑의 열병을 앓았고 결과만 놓고 본다면 지금의 아내를 만나기 전까지는 전부 사랑에 실패했습니다. 그때마다 하나씩 남은 상처들 위로 딱지가 내려앉았고 이제는 흔적만 있습니다. 가끔 그 흔적을 볼 때마다 웃음이 납니다. 못 견딜 것 같았던 그 시간들이 지금을 사는 힘이 되거든요. 마음 가득히 먼지가 날리는 순간 그 기억들은 촉촉한 단비가 되는데, 그런 흔적을 얼마나 가지고 있나요?

비센테 팔마롤리 (Vicente Palmaroli González, 1834~1896)
스페인 마드리드에서 태어났고 그의 아버지는 이탈리아 출신의 석판화가였다. 산페르난도 미술 아카데미에서 공부한 그는 10년간 이탈리아 유학 생활을 한다. 귀국 후 마드리드 상류층과 연결되면서 화가로서 활동했지만, 스페인의 정정이 불안해지자 로마를 거쳐 파리에 정착한다. 말년에는 프라도 미술관 책임자로도 활동했다.

비센테 팔마롤리

상사병
Lovesick

Oil on panel | 63.2×78.7cm

넷.

너른 세상,
커다란 꿈

세상

세상은 내가 누군가에게 손을 내밀 때
훨씬 내게 힘이 생기는 곳입니다.

앙리 쥘 장 조프로이

7월 14일 프랑스 혁명 기념일
July 14th-Bastille Day

Oil on canvas | 46×61cm

요란한 소리가 들려 문을 열고 나가 봤더니 작은 행렬이 지나고 있습니다. 어린이 군대의 행진이군요. 나팔 부는 아이의 볼이 터질 것 같습니다. 비록 몸은 작지만 허리에 올려놓은 손의 당당함은 어른 못지않습니다. 맨 앞에 서서 행렬을 이끈다는 자부심이 온몸에 넘쳐흐르는데, 내일 아침 볼이 괜찮을까 걱정입니다. 정면을 바라보는 아이의 해맑은 미소가 저를 웃게 만들었습니다. 영락없는 '치~즈' 하는 입 모양입니다. 허리에 찬 칼도 적당한 크기의 나무 두 개를 수건으로 묶은 것입니다. 국기를 든 아이의 '경건한' 표정도 마음에 듭니다. 품에 안긴 어린아이의 얼굴을 보다가 어떻게 저런 표정을 잡아냈을까, 저도 모르게 탄성을 내뱉었습니다.

🖋 어렸을 때 동네 친구들과 형들을 따라 전쟁놀이를 자주 했습니다. 가난한 시절이 대부분이었기에 장난감을 사는 것은 꿈도 못 꿀 일이었지요. 집에 있는 나무토막들을 톱으로 적당히 자르고 못질하면 총도 되고 칼도 되었습니다. 계급장은 형들이 종이에 그려 준 것을 옷핀을 꽂아 웃옷에 달면 놀 준비가 끝났습니다. '공산당'을 '용감하게' 무찌르고 저녁이 다 되어서야 집에 들어가면 어머니에게 혼이 났지만 그래도 즐거웠습니다. 지금 제게 몰두할 수 있는 일이 딱 한 가지만 있으면 좋겠습니다. 그것이 천진했던 순간으로 돌아가는 문이거든요. 그런데 그 문이 잘 보이지 않습니다. 그대에게 그 문의 위치를 물어보고 싶습니다. 알려 주실 수 있으신가요? 🖼

앙리 쥘 장 조프로이 (Henry Jules Jean Geoffroy, 1853~1924) 🖋

프랑스 마렌에서 태어났다. 에콜 데 보자르에서 공부했고, 파리 살롱전 입선 후 화가 활동을 시작했다. 그의 주요 주제는 어린아이들이었고, 덕분에 부유한 가정의 아이들 초상화 주문이 밀려들었다. 보불 전쟁에 참여해 훈장을 받기도 한 그는 생애 내내 대중의 인기를 얻었다.

발렌틴 알렉산드로비치 세로프

타우리스 섬의 이피게네이아

Iphigenia in Tauris

Oil on cardboard | 28.5×39.5cm | 1893

밀려오는 파도를 멍하게 바라보고 있는 여인은 그리스 신화 속 테세우스와 헬레네의 딸, 이피게네이아입니다. 트로이전쟁에서 신의 노여움으로 항구에 발이 묶인 그리스군은 그녀를 산 제물로 바치기로 했습니다. 그러나 마지막 순간에 그녀를 불쌍히 여긴 아르테미스 여신은 그녀를 타우리스 섬으로 데려가 여신의 신관으로 삼았고, 그녀는 섬에 오는 이방인을 여신에게 제물로 바치는 역할을 하게 됩니다. 목숨은 건졌지만 섬에서 신을 모시는 일 역시 쉬운 일은 아니었겠지요. 끝없이 달려오는 파도의 울음소리가 이피게네이아의 몸을 흔드는데, 섬을 떠날 수 없는 그녀의 마음은 하얗게 탈색되고 있습니다.

🖋 이피게네이아가 겪은 불행은 자신의 힘 때문이 아니라 신의 도움으로 처지가 뒤바뀐 것에서 시작됩니다. 제물의 대상이었다가 제물을 바치는 정반대의 자리에 서게 된 것이지요. 신화 속 이야기니까 그런 일이 가능했겠지만, 사실 주위를 돌아보면 그런 이야기는 우리 사회 속에서 여전히 진행 중입니다. 뜻하지 않게 요행으로 처지가 완전히 바뀐 사람들의 마지막이 모두 행복한 것은 아니거든요. 무엇이 그런 결과를 가져왔을까요? 혹시 원래 자신의 모습을 애써 잊어버리려고 했기 때문은 아니었을까요? 처음과 끝을 한 가지 마음으로 엮는 것은 그렇게 어려운 일인가 봅니다. 그렇다면 그대도 나도 단단히 마음을 여며야겠지요? ▩

발렌틴 알렉산드로비치 세로프 (Valentin Aleksandrovich Serov, 1865~1911) 🖋
러시아 상트페테르부르크에서 음악가 부모 밑에서 태어났다. 그가 여섯 살 때 아버지가 세상을 떠난 후 독일과 파리에서 살기도 했다. 상트페테르부르크 아카데미에서 공부한 그는 인상주의 화풍으로 화가로서의 경력을 시작했고, 이후 초상화와 풍경화 분야에서도 확실한 지위를 획득했다. 아르누보에도 관심이 많았고 러시아 혁명 기간에는 풍자화를 그리기도 했다.

세
상

장 레옹 제롬

아레오파고스 앞의
프리네

Phryne before the Areopagus

Oil on canvas | 80×128cm | 1861

아레오파고스에서 재판이 열리고 있습니다. 재판관들 앞에 선 피고는 당대 아테네 최고의 창녀인 프레네입니다. 그녀는 상당한 지식과 뛰어난 미모를 가지고 있어서 오늘날의 표현을 빌리자면 '아테네 여신' 쯤 되는 명성을 얻고 있었습니다. 축제에서 나체로 춤을 추다가 신성을 모독했다는 죄목으로 이곳에 선 것인데, 당시 신성 모독은 사형으로 다스렸지요. 알고 보니 그녀가 잠자리를 거부한 유력한 집안의 모함이었습니다. 재판 과정에서 어떤 변론도 통하지 않자 그녀의 애인 중 한 명이자 변호사인 히페리데스가 그녀의 옷을 벗기고 맙니다. 눈부신 여체를 본 재판관들은 '아름다운 것은 모두 선하다'라는 말로 그녀의 죄를 용서합니다. 그나저나 재판관님들, 입 좀 다무시죠!

✎ 사회생활을 하면서 참 많은 사람을 만났습니다. 얼굴을 보면 그 사람이 걸어온 길을 알 수 있다던 링컨의 말을 떠올리지 않아도 첫인상과 잠깐의 대화를 하다 보면 대개 그 사람이 어떤 삶을 살았는지 짐작이 됩니다. 정직한 눈빛, 입가에 걸린 미소, 눈가에 자리 잡은 잔주름 같은 것을 보면서 이야기를 나누다 보면 내내 기분이 좋습니다. 몸을 만들 수도 얼굴을 고칠 수도 있지만 세월이 깃든 것들은 쉽게 만들어지는 것이 아니거든요. '아름다운 얼굴과 몸은 모두 선한 것'이 아니라 '아름다운 삶이 선하다'라는 말이 더 맞는 말이겠지요.

장 레옹 제롬 (Jean-Leon Gerome, 1824~1904)

들라로슈 밑에서 공부하다가 스승을 따라 이탈리아를 여행하면서 미술에 대한 깊이를 더하게 된다. 이후 터키와 이집트 여행으로 오리엔탈리스트로서의 명성도 함께 확보하면서 당대 최고의 영예를 누린 화가가 되었다. 말년에는 아카데미즘을 지키고자 인상파와 논쟁을 벌이곤 했다. 모네의 전시회를 본 그가 남긴 말, "나쁘지 않군!"

헨리 베이컨

센 강을 따라서
Along the Seine

Oil on canvas | 1879

예전에 센 강을 오르내리는 배를 아가씨들이 몰고 다닐 수 있었는지는 의심스럽지만, 맨발과 커다란 키 손잡이에 몸을 기대고 있는 모습은 영락없이 처녀 뱃사공의 그것입니다. 배 위 소녀의 표정이 심상치 않습니다. 금방이라도 울 것 같은 얼굴 때문에 강물에 흔들거리는 것은 몸이 아니라 마음이라는 것을 한눈에 봐도 알 수 있습니다. 흰 연기를 내뿜으며 다가오는 작은 배마저도 마음을 심란하게 만드는 것 같습니다. 그런데요, 흔들린다고, 흘러간다고, 운다고 달라지는 것들이 있던가요?

🖋 간혹 몸도 마음도 몹시 지칠 때가 있습니다. 내일 세상이 사라진다고 해도 눈썹 하나 까닥하지 않을 정도로 주위에 대한 관심이 사라지는 순간들이지요. 그럴 때마다 혹시 나는 세상에 대해 너무 많은 것을 기대하고 있었던 것은 아닐까 하는 생각이 듭니다. 물론 서로가 의지하고 사는 것이 맞지만, 내가 누군가의 등을 밀어 주기보다는 남이 나의 등을 더 밀어 주기를 바라고 있을 수도 있거든요. 돌아보면, 의지하고 사는 것과 기대고 사는 것이 다르다는 것을 잊어버린 때도 있었던 것 같습니다. 세상은 내가 누군가에게 손을 내밀 때 훨씬 내게 힘이 생기는 곳입니다. 혹시 제가 하는 말에 동의하시는지요? 🔲

헨리 베이컨 (Henry Bacon, 1839~1912) 🖋

미국 신시내티에서 태어났다. 남북전쟁에 종군화가로 참전한 뒤 제대하고 파리로 유학, 화가로서의 길을 걷게 된다. 화가로서 생활 대부분을 파리에서 보낸 그는 이야기가 담긴 그림으로 사람들의 주목을 끌었다. 또한 유화는 물론 수채화로 방향을 바꾼 뒤에도 그의 작품들은 호평을 받았고 말년에는 추위를 피해 매년 겨울을 이집트 카이로에서 보내곤 했다.

줄리어스 르블랑 스튜어트

◇

1897년형 푸조 브와츄레이터를 타고 블로냐 숲으로 가는 골드스미스 자매들

The Ladies Goldsmith to the wood of Boulogne in 1897
voiturette Peugeot

Oil on canvas | 80×125cm | 1901

요즘이야 자동차 때문에 길이 막히다시피 하지만 20세기 초, 자동차는 부와 최첨단의 상징이었겠지요. 더구나 자동차를 모는 사람이 여성이니 그림 속 여인들의 생활수준이 어느 정도인지 짐작됩니다. 그러고 보니 여인들의 골드스미스라는 성도 어울립니다. 자동차 바퀴의 굴러가는 모습과 바람에 날리는 스카프 그리고 모자를 잡은 여인의 동작에서 속도감이 느껴집니다. 그런데 자세히 보면 정작 스피드를 마음껏 즐기고 있는 것은 앞에 탄 반려견입니다. 한쪽으로 들린 귀와 바람 때문에 가느다랗게 눈을 뜨고 있지요. 정말 늘어진 '개 팔자'입니다. 여인들이 반려견을 데리고 차를 타는 것이 어제오늘 일이 아니었군요.

✑ 작년에 유럽 출장을 갔을 때 젊은 회사 동료와 잠깐 같이 있는 시간이 있었는데, 휴대전화기 속에 있는 각종 앱으로 아주 편하게 일을 처리하고 있었습니다. 휴대전화기가 아니라 이제는 휴대용 컴퓨터인 것인데 아직 제 감각은 거기에 이르지 못한 것 같았습니다. 전화를 걸고 사진을 찍고 메일을 주고받는 것은 문제가 없는데 화면에 가득 떠 있는 애플리케이션은 아직도 풀리지 않는 문자처럼 보입니다. 이러니 세대 차이가 난다는 말을 들어도 할 말이 없습니다. 그런 점에서 정직하게 고백하자면 저는 스마트폰을 사용할 줄 모른다고 해야 합니다. 참 난감한 일입니다. 그대는 어떠신가요? ✑

줄리어스 르블랑 스튜어트 (Julius LeBlanc Stewart, 1855~1919) ✒

필라델피아에서 설탕사업으로 백만장자가 된 가정에서 태어났다. 열 살이 되던 해 식구들이 파리로 이사를 했는데 그의 아버지는 스페인 낭만주의 화가들과 바르비종파 화가들의 후원자이자 미술품 수집가였다. 에콜 데 보자르에서 미술을 배운 그는 처음에는 초상화를 그렸으나 파리 상류층 사람들의 일상을 담은 풍속화로 주제를 바꿨고 큰 인기를 얻었다.

조르주 라 드 투르

다이아몬드 에이스를
숨긴 사기꾼

Cheater with the Ace of Diamonds

Oil on canvas | 106×146cm | 1635

전문 도박단에 걸린 '멍청한 사내'가 안타깝습니다. 허리춤에 다이아몬드 에이스 카드를 숨긴 사내는 '타짜'입니다. 빛의 반대 방향으로 얼굴을 돌리고 있어서 어둡게 처리되었습니다. 나쁜 사람이죠. 그 옆에 병을 든 하녀 역시 같은 패거리입니다. 술잔에 무슨 짓을 한 걸까요? 가운데 여인은 얼굴은 정면을 향하고 있지만 눈은 '작전'을 지시하고 있습니다. 테이블 위에 금화가 수북한 젊은이는 자기 카드만 보고 있어서 세 사람의 행동을 전혀 모르고 있습니다. 착해서 손해 보는 것이 아니라 도박을 해서 손해 보는 것이라는 것을 젊은이는 언제쯤 깨닫게 될까요? 가운데 여인은 라 투르의 아내가 모델을 섰다고 합니다. 아무리 그림이라고 해도 아내를 도박하는 모습을 모델로?

✎ 링컨이 이런 말을 했다고 하지요. "만약 나무를 자르기 위해 나에게 6시간을 준다면 4시간은 도끼날을 벼르는데 사용하겠다." 무엇인가를 하기 위해서는 준비를 철저히 해야 한다는 이야기입니다. 그림 속 도박꾼들을 옹호할 생각은 추호도 없지만, 적어도 그들이 이 '작전'에 투입한 노력만큼은 인정해야 할 것 같습니다. 노력 없이 성과를 기대하는 사람이 이길 확률은 그림 속 '멍청한' 사내처럼 0에 가깝습니다. 세상은 그렇게 호락호락하지도 신참들에게 선뜻 자리를 내주는 곳이 아니거든요. 노력 없는 정열은 객기입니다. 나는 그대에게 얼마나 노력하고 있는지 내게 말해 줄 수 있는지요? ▩

조르주 라 드 투르(Georges de la Tour, 1593~1652) ✒

1636년부터 견습생을 둘 정도로 화가로서 자리를 잡았다. 그러나 그 해 심각하게 로렌 지방을 덮쳤던 역병이 그가 사는 르네빌에도 퍼졌다. 이 일로 그의 조카가 죽는 일이 일어났고, 2년 뒤 르네빌은 거대한 화염에 휩싸이게 된다. 역병에 대한 소독의 의미였겠지만, 그의 집과 화실 그리고 수많은 그림이 불에 탔다. 가족 모두는 당시에 있는 피난처로 자리를 옮긴 뒤였다. 역병은 사람뿐만 아니라 소중한 그림도 함께 가져가 버렸다.

샌퍼드 로빈슨 기퍼드

맨스필드산의 스케치

A Sketch of Mansfield Mountain

Oil on canvas | 21×33.7cm | 1858

아, 정말 장쾌한 풍경이 눈앞에 펼쳐졌습니다. 곳곳에 잔설이 남아 있는 능선을 내려가서 끝없이 흐르는 구릉을 따라 시선을 옮기다 보면 하늘과 땅이 맞닿은 곳에 이르게 됩니다. 그러나 화면을 가득 채우고 있는 대기가 햇빛을 담고 있어서 그 경계가 모호합니다. 선명하지 않기 때문에 오히려 시선은 그 너머를 향하게 됩니다. 세상의 끝이 혹시 그곳에 있을까요? 한쪽 발을 앞으로 내밀고 있는 사내의 자세가 오연(傲然)하게 느껴집니다. 이 높은 곳에 이르렀으니 그럴 만도 합니다. 그러나 아직 올라야 할 봉우리가 하나 더 남았습니다. 그곳을 지나면 이제 내려가는 하산 길입니다. 그렇다면 이쯤에서 세상을 향해 한번 외쳐 볼 만도 합니다. 이제 그대는 뭐라고 외치고 싶으신가요?

✒ 높은 곳에 오르고 싶은 것은 많은 사람들의 꿈입니다. 평지에서 보는 것과 고도가 높아지면서 보이는 풍경은 차이가 있습니다. 자세히 보이기보다는 넓게, 멀리 보이는 풍경이 우리에게 익숙한 것은 아니지만 오히려 그것 때문에 사람들은 산에 오르곤 하지요. 그런데 사회의 높은 위치에 있는 사람들 중에는 넓게 열린 세상이 안 보이는 사람들도 있는 모양입니다. 눈앞에 있는 것에만 집착하는 그들을 보면 어떻게 그 높은 곳까지 올라갔는지 궁금합니다. 그럴 때 외치고 싶습니다. 모두 다 내려가! ▪

샌퍼드 로빈슨 기퍼드 (Sanford Robinson Gifford, 1823~1880) ✒

뉴욕 주 그린필드에서 태어났다. 브라운대학을 다니다가 2년 만에 화가가 되기 위해 학교를 포기하고 그림을 배우기 시작했다. 그의 부모는 그가 초상화가가 되기를 원했지만 그는 풍경화가의 길을 걸었다. 유럽 각국과 미국의 여러 곳을 여행하면서 수많은 풍경화를 그렸던 그는 호수에서 낚시를 하다가 호흡기 질환을 얻은 뒤 얼마 후 세상을 떠나고 만다.

세
상

임시 수용소 입소 허가를
기다리는 지원자들

Applicants for Admission to a Casual Ward

Oil on canvas | 137.1 × 243.7cm | 1874

눈이 내린 겨울 밤, 사람들이 길게 줄을 섰습니다. 하룻밤을 지내야 할 곳이 없는 사람들이 수용소에 들어가는 표를 얻기 위한 줄입니다. 어른들도 견디기 힘든 겨울밤인데 몸을 잔뜩 웅크리고 언니와 체온을 나누고 있는 여름옷 차림의 어린 소녀 모습에 가슴이 답답해집니다. 나이든 노인은 경찰에게 무엇인가를 물어보고 있고 그 앞에는 걷는 것마저 힘들어 보이는 여인이 어린아이와 함께 줄 앞을 지나고 있습니다. 이를 드러내고 짖는 개 한 마리, 세상에 대한 증오의 표시일까요? 그나마 표라도 얻은 사람은 다행이지만, 그렇지 못한 사람들은 이 밤을 길 위에서 보내야 합니다. 19세기 후반 산업혁명이 절정을 향해 달려가고 있을 때 또 다른 곳에서는 이런 안타깝고 어두운 일들이 일어나고 있었습니다. 그럼, 지금은 어떤가요?

✒ 공평하고 공정한 세상을 꿈꾸었고 그런 세상을 만들 수 있다고 생각한 적이 있었습니다. 그런 이야기가 오고 가는 자리는 학교 앞 술집이거나 친구 하숙방이었습니다. 밤새 술병이 쌓여갔고 더 이상 필 담배가 없을 때는 피고 난 담배꽁초를 다시 모아 피고는 했습니다. 사회에 나가면 결코 기성세대처럼 살지 않겠다고 시퍼런 맹세도 했었습니다. 지금 부끄러운 것이 한두 가지가 아닙니다. 지나고 보니 '희미한 옛 사랑의 그림자' 중에 저도 포함되어 있었습니다. 추위 속에 줄을 서고 있는 사람들을 위해 따뜻한 국을 끓여야겠습니다. 같이하실 거죠? ▪

루크 필즈(Luke Fields, 1843~1927) 🖋

영국 리버풀에서 태어났다. 그를 키운 사람은 그의 할머니였는데, 그녀는 노동자들의 참정권을 요구하는 차티스트 운동에 적극 참여한 여장부였고 이런 모습이 훗날 필즈의 작품에도 많은 영향을 준다. 삽화가로 영국의 소시민들의 삶을 묘사했고 이런 작품은 많은 사람들의 공감을 얻었다. 나중에 부유한 사람들의 초상화를 그리면서 부와 명예를 쌓았다. 처음과 끝의 작품 주제가 이렇게 다를 수도 있을까?

윌리엄 스튜어트 맥죠지

시소
See-Saw

Oil on canvas | 127×192cm

숲으로 놀러 온 아이들이 재미있는 놀이를 시작했습니다. 벌목해 놓은 나무에 굵은 나무 가지를 걸쳐 놓으니 근사한 시소가 만들어진 것이지요. 역시 아이들은 노는 데 천재입니다. 양쪽 인원수는 3명씩 같은데 왼쪽으로 기운 시소는 움직일 줄 모릅니다. 덩치로 봐서는 오른쪽 아이들이 이길 것처럼 보이는데 말입니다. 온몸으로 누르는 것과 팔로 당기는 것에는 차이가 있지요. 모두들 신이 난 얼굴인데 오른쪽 흰옷 입은 아이는 심각합니다. 이기고 싶어 하는 마음이 보입니다. 이 아이를 위해서라도 오른쪽 아이들이 몸으로 나무를 눌러야 할 것 같습니다. 오르락내리락하는 재미에 시소를 타는 것이거든요.

    생각해 보니까 지나온 삶도 시소를 타는 것과 같았습니다. 어떨 때는 삶의 무게가 제 무게보다 훨씬 무거워서 발이 땅에 닿지 않을 때가 있었지요. 그리고 그 반대 상황일 때도 있었는데, 어느 쪽이든 반갑지 않았습니다. 제가 견딜 만한 무게를 가늠하는 것 역시 쉽지는 않았지요. 적당히 오르내려야 시소 놀이가 의미 있는 것처럼 삶도 그런 맛이 있어야 하는 것 아닐까 싶습니다. 혹시 지금 발이 땅에 닿지 않는다고 불만이신가요? 그렇다면 지금 올라앉아 있는 방법을 바꿔 보시면 어떨까요? 세상에는 시소 위에서 몸을 움직이는 수많은 방법이 있거든요. ■

윌리엄 스튜어트 맥죠지 (William Stewart MacGeorge, 1861~1931)
스코틀랜드 캐스 더글라스의 구두 수선업을 하는 집안에서 태어났다. 어려서부터 그림 그리기를 좋아했던 그는 왕립 스코틀랜드 아카데미와 앤트워프 아카데미에서 공부했다. 아이들과 풍경을 주로 그렸고 자연주의 화풍의 선두 주자라는 말을 들었다. 예순여덟에 결혼했지만 2년 뒤 마흔다섯 점의 작품을 남기고 세상을 떠났다.

세
상

징집병
The Conscripts

Oil on canvas | 168.3×146cm | 1889

북소리와 함께 한 무리의 사내들이 행진을 시작했습니다. 비장한 표정이 있는가 하면 여러 가지 생각에 잠긴 얼굴도 있습니다. 서로의 팔을 고리처럼 연결했습니다. 팔을 엮는 것은 연대감의 표시이기도 하지만 혼자 이겨 내기 어려운 두려움을 서로 나누어 그 무게를 덜고자 하는 의미도 있습니다. 열어 놓은 문 앞에 서서 우두커니 행렬을 지켜보는 여인의 표정에도 안타까움이 묻어 있습니다. 지금 떠나는 길이 축복받은 길이 아님을 남아 있는 사람이나 떠나는 사람이나 모두 잘 알겠지요. 프랑스 국기를 몸에 두른 어린 소년에게서 생기를 앗아간 전쟁의 잔인함이 밉습니다. 작은북 소리가 점점 멀어지고 있는데 그림 속 남자들, 모두 무사히 다시 돌아왔으면 좋겠습니다.

✎ 원하지 않아도 결심해야 할 때가 있습니다. 그리고 그 결정이 내가 속한 사회에 관한 것이라면 내 의지와는 관계없이 따를 수밖에 없는데, 그것을 우리는 의무라고 부릅니다. 그런데 간혹 의무와 권리의 경계가 혼란스러울 때가 있습니다. 의무인 것 같은데 권리일 수도 있는 것들이지요. 남자들의 군 복무는 '병역 의무'라고 되어 있습니다. 그런데 나라 지키는 일을 아무에게나 맡길 수는 없다고 보면 병역은 권리일 수도 있지요. 의무와 권리에 대한 정의가 봇물처럼 터져 나오는 요즘입니다. 생각해 보면 자신이 어떻게 생각하느냐에 따라 달라지는 것이 어디 이것뿐이겠습니까? ▨

파스칼 아돌프 장 다냥 부브레
(Pascal Adolphe Jean Dagnan-Bouveret, 1852~1929) ✒

파리에서 태어났다. 어려서 그의 부모님이 브라질로 이민을 떠나는 바람에 할아버지가 그를 키웠고, 그는 할아버지를 기억하기 위하여 그의 이름 가운데에 부브레라는 이름을 추가했다. 유럽과 미국 화가들에게도 영향을 줄 만큼 자연주의 화가로 성공을 거두었고 말년에는 종교화에 중점을 두었다.

세
상

게리 멜처스

———◇———

강론
The Sermon

Oil on canvas | 59×219.7cm | 1886

신부님의 강론이 지루했을까요, 아니면 피곤이 몰려왔을까요? 젊은 아가씨가 그만 고개를 떨구고 말았습니다. 무릎에 놓인 손을 보니 쏟아지는 졸음을 어쩔 수가 없었던 모양입니다. 그 모습을 바라보는 나이 든 여인의 눈매가 매섭습니다. '어떻게 강론 시간에 졸고 있을 수가 있어?' 하는 듯합니다. 우스갯소리로 신부님 강론 시간과 여인의 치마 길이는 짧을수록 좋다고 하지요. 여인에게 지금 당장 필요한 것은 강론보다는 잠깐의 잠인 것 같습니다. 달리 생각하면 젊은 여인은 앞으로도 들어야 할 강론 시간이 아주 많이 남아 있지요. 그러니 하느님께서도 그 정도는 눈감아 주시지 않을까요?

✒ 어쩌다 보니 몇몇 사건으로 세상이 종교를 걱정하는 시대가 왔습니다. 그래도 종교가 우리에게 주는 의미는 아주 중요합니다. 모든 종교가 공통적으로 가르치는 것은 자비와 용서 그리고 나눔입니다. 물론 종교를 가지지 않은 사람에게도 중요한 항목이지요. 강론 말씀을 귀담아듣는 일도 중요하지만 그보다 더 중요하게 지켜야 하는 것은 '그분'께서 말씀하시는 것을 실천하는 일입니다. 종교를 가지고 있다고 해서 모든 죄가 다 용서되는 것은 아닐 것입니다. 종교를 가지지 않아도 세상을 바르게 살아가는 많은 사람들, 제가 존경하는 사람들입니다. 그리고 그런 사람들 때문에 세상이 훨씬 더 아름다워질 것입니다. 그나저나 그림 속 여인을 깨워야 할까요? 🖼

게리 멜처스(Gari Melchers, 1860~1932) ✒

디트로이트에서 태어났다. 조각가 아버지의 영향으로 일찍이 미술에 관심을 갖게 되었다 뒤셀도르프와 파리에서 공부했고 네덜란드 북해 해안 마을 애그몽앤지에 정착, 그곳의 풍경을 그림에 담았다. 그의 작품은 유럽 전역에서 인기를 끌었고 미국으로 돌아와서는 초상화와 풍경화로 유명했다. 미국에 처음으로 자연주의 미술을 전파한 화가로 평가받는다.

안토니오 파올레티

속임수
The Bluff

Oil on canvas | 24×33cm | 1912

다음은 네 차례인데 어서 카드를 뽑아 봐. 형의 목소리에 동생은 카드를 보고 또 보지만 마땅하게 내려놓을 카드가 보이지 않습니다. 이제는 카드가 헷갈릴 정도로 눈도 아픕니다. 동생이 보기에 형은 넘을 수 없는 벽처럼 보입니다. 그도 그럴 것이 형의 한쪽 손은 항아리 속을 향하고 있거든요. 필요한 몇 장의 카드를 숨겨 놓은 것이겠지요. 그러니 이길 도리가 없습니다. 아마 형도 어렸을 때 누군가에게 이런 식으로 당했을 것이고 또 그렇게 배웠을 겁니다. 오늘 동생을 상대로 멋지게 작전을 펼치는 중입니다. 그것을 모르는 동생의 얼굴에는 진땀만 흐릅니다.

🖋 세상은 이렇게 조금 더 힘이 세거나 약삭빠른 사람들의 것일 때가 있습니다. 게임 룰은 공정하지만 참가하는 사람들의 조건은 공정하지 않기 때문이지요. 때문에 처음부터 끝까지 모든 것이 공정한 게임은 없습니다. 다만 우리는 게임이 공정하다고 믿을 뿐이지요. 그렇다고 게임을 포기할 수는 없는 노릇입니다. 게임에서 이기기 위한 방법 중 하나는 게임에서 져 보는 것입니다. 지는 이유를 알면 이기는 방법도 찾을 수 있거든요. 지금 혹시 게임에서 졌다면 왜 패배했는지 살펴봐야 합니다. 만약에 패배한 이유를 못 찾았다면 원인을 찾을 때까지 시합을 잠시 멈추는 것은 어떨까요? 🐌

안토니오 파올레티 (Antonio Ermolao Paoletti, 1834~1912) 🖋

이탈리아 베네치아에서 화가의 아들로 태어났다. 베네치아 아카데미에서 공부한 후 베네치아 사람들의 일상과 유명한 건물, 운하 등을 사실적으로 묘사한 작품으로 명성을 얻었다. 특히 그의 작품은 당시 유럽 여행의 마지막 종착지였던 베네치아 방문 기념으로 관광객들에게 인기가 좋았다. 나중에 베네치아 아카데미 교수를 역임했다.

꿈

꿈은 어려울 때 더 쑥쑥 크는 법입니다.

지금 그대는 어떠신가요?

바닷가에 서 있는 모녀를 보았습니다. 밀려오는 잔물결 앞에서 주춤거리는 아이의 등을 어머니는 가볍게 밀어 주고 있었습니다. 바닷가에 아이를 세우고 나면 부모는 늘 뒤에 섭니다. 끝이 보이지 않는 광활함이 어린 아이에게는 낯선 느낌이겠지요. 하지만 보이지 않는 그 너머로 나아가야 하는 것이 아이의 정해진 길이기도 합니다. 그것을 잘 아는 부모는 앞에 서지 않습니다. 잠시 물러나면 받아 줄 수는 있겠지요. 꿈이란 모험하지 않으면 쉽게 내 손에 들어오는 것이 아닙니다. 그 과정에서 우리가 만나는 수많은 '처음'은 또 얼마나 많았던가요? 그리고 처음 앞에서 상처받고 넘어진 것은 또 얼마나 많았던가요? 안 넘어지는 법을 배우는 것이 아니라 넘어졌을 때 바로 일어나는 법을 배웠던 것도 그런 과정을 겪은 뒤에 얻은 것이었지요.

🍂 나이가 들어도 바닷가에 서면 가슴이 커집니다. 그리고 커진 가슴 안으로 새로운 각오나 꿈이 밀려들 때마다 저 스스로 신기한 생각이 듭니다. 아직 가 보지 못한 바다 너머 항구에 대한 미련은 여전하고 그것이 또 다른 시간을 대비하는 영양소가 되고 있거든요. 돌아올 수 있다는 확신만 있다면 지금도 바다를 건너고 싶은 마음 한 가득입니다. 🖋

알프레드 톰슨 브라이처 (Alfred Thompson Bricher, 1837~1908)
허든슨강파(Hudson River School)의 마지막 세대였던 미국 화가로 19세기 말부터 20세기 초 사이에 바닷가 묘사 분야의 최고라는 말을 들었다. 거의 독학으로 미술을 공부한 그는 풍경화가로 명성을 얻었는데, 그의 작품을 보면 당시의 날씨와 그가 어디쯤에서 바라본 장소인지를 지금도 확인할 수 있다고 한다.

알프레드 톰슨 브라이처

바닷가에서
At the Shore

Oil on paper | 15.9×30.5cm | 1871

건물마다 불이 하나둘 켜지기 시작했습니다. 하루를 마감하는 장터는 정신없이 짐을 싸는 상인들의 모습으로 분주합니다. 집으로 돌아가야 하는 길, 허기진 배를 채우기 위해 음식 판매대 앞에 사람들이 모였습니다. 식사라고는 뜨거운 죽 한 그릇이 다입니다. 얼마 전 비가 훑고 지나갔는지 길 위에는 물기가 그대로 남아 있지만, 아픈 다리를 쉬기 위해 그대로 주저앉았습니다. 그나마 마음이 급한 사람들은 앉지도 못하고 서서 죽을 '마시고' 있습니다. 오늘보다는 내일이 조금 더 좋아질 것이라는 희망으로 또다시 저녁을 길거리에서 맞는 사람들입니다. 모두들 고생하셨습니다. 내일 또 뵙죠.

🐌 아주 힘들 때가 있었습니다. 정말 내일 아침에 해가 뜰 것인가에도 회의가 들 정도였지요. 끝이 보이지 않는 터널 속에 있다는 느낌을 그때 알았습니다. 그럴 때마다 자신의 고민을 완화시키는 방법은 다른 사람의 고민을 위로하는 것이라는 말을 떠올렸습니다. 나보다 더 힘든 사람도 많은데 나의 고민은 혹시 그들에 비하면 사치는 아닐까? 그렇다고 해서 금방 좋아지는 것은 아니었지만 적어도 자신이 무너지는 것은 막을 수 있었고 여기까지 왔습니다. 오늘 저녁도 길 위에서 내일을 위해 허겁지겁 저녁을 해결하는 사람들이 있습니다. 꿈은 어려울 때 더 쑥쑥 크는 법입니다. 지금 그대는 어떠신가요? 🖼

빅토르 가브리엘 질베르 (Victor Gabriel Gilbert, 1847~1933) 🖋

파리에서 태어났다. 어려서부터 그림에 천부적인 재능을 보여 주었으나 가난한 집안 형편 때문에 정규 미술 교육을 오래 받지 못했다. 파리의 시장 거리와 좌판, 노숙자들의 모습을 생생하게 그림에 담은 그는 파리를 묘사한 최고의 사실주의 화가라는 평을 듣기도 했다. 비록 중간에 잠깐 인상주의 기법에 눈을 돌리기는 했지만.

장날
Market Day

Oil on canvas | 59.7×48.3cm | 1881

여기는 이렇게 묘사하는 거야, 알겠니? 선생님의 지적에 수업받는 여학생의 눈이 동그랗게 되었습니다. 어찌나 표정이 생생한지 소녀의 얼굴을 보다가 웃고 말았습니다. 긴장한 모습이 역력하군요. 그래도 시선은 선생님의 손끝에 가 있고 자신의 손으로는 연필을 깎고 있습니다. 건너편에 앉아 있는 어린아이의 표정도 재미있습니다. 아이고, 그러게 잘 좀 하지! 한편으로는 선생님의 지도를 받는 소녀를 향한 부러움도 보입니다. 천장 가운데 매달려 있는 아이 조각상은 좀 섬뜩하군. 용도가 뭘까 고민하다가 혹시 천사를 그리기 위한 것일까 하는 생각이 들었습니다. 시선을 돌려 화실 곳곳에 있는 소품들을 보는 재미도 쏠쏠합니다.

　🐚　마흔이 넘어 1년 정도 피아노를 배운 적이 있습니다. 아이들이 어릴 적 사용했던 피아노가 어느 순간 무용지물처럼 집 한쪽을 차지하고 있는 것도 보기 싫었고 실제로 피아노를 배우고 싶었습니다. 일요일마다 선생님에게 검사받기 위해 퇴근 후 매일 연습했는데도 자주 혼이 났습니다. 어린이를 위한 연습 악보 한 권이 끝날 무렵 여러 가지 일들로 결국 피아노 배우는 것을 쉬게 된 후 다시 시작하지 못했습니다. 가끔 그때 계속했더라면 하는 아쉬움이 지금도 남아 있습니다. 사실 지금이라도 다시 시작하면 되는데 아직은 여유가 없다는 핑계로 미루고 있습니다. 배우는 것을 미뤄서는 안 될 것 같은데 자꾸 나이 탓만 하고 있습니다. 혹시 새로운 것을 배우는 중인가요? 🖋

얀 스테인 (Jan Steen, 1626~1679) 🖋

세부적인 묘사가 가득 채워져 있는 것이 작품의 특징 중 하나였던 화가. 스승이었던 화가 고엔의 딸과 결혼한 그는 화가 일을 하면서 양조장을 2년간 운영했지만 재미를 보지 못했다. 약국을 운영할 때는 빚 때문에 그의 작품들이 압류당해 경매에 넘겨지기도 했다. 선술집 허가를 받아 운영한 적도 있었으나 전쟁이 일어나는 바람에 문을 닫아야 했다. 그림을 제외하고 성공한 사업이 없었던 스테인이었다.

드로잉 수업
The Drawing Lesson

Oil on panel | 49.2×41.2cm | 1663~1665

눈이 내린 회색의 벌판 끝에서부터 어둠이 스멀스멀 다가오고 있습니다. 작은 모닥불 하나로 이 겨울의 추위를 피하기는 어렵습니다. 더구나 계속되는 전투로 식량 공급도 끊긴 것 같습니다. 코에 동상이 걸린 병사와 추위와 배고픔에 지친 병사들 그리고 부상당한 병사들의 모습이 쌓인 눈을 더욱 차갑게 만들고 있습니다. 벌판을 지켜보기 위해 등을 돌리고 있는 병사의 모습도 안쓰럽습니다. 올겨울 그들에게 성탄절은 오는 것일까요? 그들의 꿈은 아마 아무 일 없이 자신의 집으로 돌아가는 것일 겁니다.

　　군 생활을 하면서 가장 힘들었던 것은 훈련도 추위도 아니었습니다. 바깥세상에 대한 그리움이었습니다. 가끔 서해와 맞닿은 강둑에 올라가 강물을 내려다보며 느리게 흘러가는 시간을 원망하기도 했습니다. 생각해 보면 그것은 익숙한 것들과 완전히 결별하지 못했기 때문이었습니다. 시간이 지나면 다시 그곳으로 돌아간다는 생각이 그 순간을 힘들게 했던 것이지요. 새로운 변화를 위해서, 또 다른 세계로 나가기 위해서 해야 할 것은 지금 내가 누리고 있는 모든 것과 이별하는 것부터 시작해야 합니다. 그것이 가능하냐고요? 그렇기 때문에 각오하는 것이 어려운 것 아닐까요? 내려놓지 못하면 움직일 수 없습니다. 그리고 그것이 고통이 되는 것이죠. 그대 생각은 어떠신지요?

알퐁스 드 뇌빌(Alphonse de Neuville, 1835~1885)

전쟁을 주제로 한 작품으로 명성을 얻었다. 그가 살롱전에 데뷔할 때 작품도 군인 관련 주제였다. 보불전쟁이 일어나자 실제로 전투에 참여했고 전쟁이 끝나고 난 뒤에는 그때의 경험을 작품에 담았다. 그의 작품은 전쟁에 참여했던 사람들의 공감을 얻었으며 관객에게 감정을 전달하는 능력이 뛰어났다는 평가를 받았다. 마흔아홉의 나이에 갑자기 세상을 떠나 사람들을 충격에 빠뜨렸다.

알퐁스 드 뇌빌

◇

참호 속에서

In the trenches

Oil on canvas | 57.5×96.5cm | 1874

크리스마스이브라는데 바닥에 깔린 눈이 별로 없어서 추워 보이지는 않습니다. 하지만 작은 그림자를 달고 밤길을 혼자 걷는 사내의 검은 등이 그 어떤 것보다도 차가워 보입니다. 그 차가움은 혼자라는 외로움에서 비롯된 것이겠지요. 어디선가 산짐승 우는 소리가 들리는 듯합니다. 이렇게 늦은 밤길을 걷는 사내의 사연이 궁금해집니다. 그나마 다행스러운 것은 하늘에 떠 있는 달이 만월이고 사내가 가는 길 위로 달빛이 눈부시게 부서져 내리고 있다는 것입니다. 외롭겠지만 길을 잃지는 않겠군요. 그렇다면 크리스마스이브가 맞습니다. 우리에게 길을 알려 준 분이 태어난 날 밤이니까요.

    ❦ 그림을 보다가 울컥할 때가 있습니다. 그림 속 광경이 제 경험 속에 있는 것과 닿아 있을 때거나 그림 자체가 주는 메시지가 무척 강할 때입니다. 언제부턴가 성탄절은 경건한 날이라기보다는 축제의 한때가 되었습니다. 당연히 기뻐하고 축하해야 하는 날이지만 왜 축제가 되어야 하는지에 대한 생각은 오래전에 잊어버린 것은 아닌가 싶습니다. 아주 낮고 힘없는 사람들을 위해 오신 그분을 기억한다면 축하와 동시에 어디선가 밤길을 외롭게 걷고 있을 사람들을 떠올리는 것이 그분에 대한 예의일 것 같거든요. 하늘에는 영광, 땅에는 평화, 모든 분에게 행복을! 🔲

조지 이네스 (George Innes, 1825~1894)

뉴욕에서 태어났고 지도 제작 회사의 목판공 도제로 일하면서 미술을 배웠다. 후원자의 도움으로 로마에서 유학하고 귀국 길에 파리에서 바르비종파를 접하게 된다. 이후 미국에서 바르비종파 풍경화의 선두 주자가 되었으며 영혼과 사색이 담긴 풍경화를 제작한다. 예순아홉의 나이에 스코틀랜드를 여행하던 중 지는 석양을 보다가 "신이시여, 정말 아름답습니다!"라는 말을 남기고 세상을 떠났다.

조지 이네스

◇

크리스마스이브

Christmas Eve

Oil on canvas | 22×30cm | 1866

쌓인 눈이 아직 다 녹지 않은 겨울의 끝, 기러기 떼가 푸른 하늘로 힘차게 날아오르기 시작했습니다. 하늘에 떠 있는 구름도 한없이 가벼워 보이고 새들의 몸짓도 경쾌해 보입니다. 다시 돌아가야 할 긴 여로를 동료들과 함께하는 기러기들의 몸마다 맑은 햇빛이 내려앉았습니다. 바다를 건너는 고단한 여로가 예정되어 있지만 가야 할 곳이 정해져 있는 길은 행복합니다. 떠나지 못하고 늘 그곳에 있는 바위산과 물이 있어야 갈 수 있는 배 그리고 가고 싶은 곳을 어디든 갈 수 있는 기러기가 묘한 대조를 이루고 있습니다. 움직일 수 있는 거리는 생명의 유한함과 관계가 있는 것일까요? 그렇다 해도 저라면 기러기가 되고 싶습니다.

❧ 회사 운동장에서 아침 체조를 하다 보면 머리 위로 날아가는 새 무리를 볼 때가 있습니다. 브이 자 형태로 몇 마리씩 날아가다가 이내 큰 무리를 만드는 광경은 늘 경이롭습니다. 그렇게 해야 멀리 날 수 있다는 이야기는 들어 알고 있지만, 모든 생명에게 본능적으로 최적의 상황을 만드는 생명의 힘이 있다는 것을 다시 깨닫곤 합니다. 인디언 속담에 멀리 가려면 함께 가야 한다는 말이 있습니다. 혹시 빨리 가기 위해 혼자 가고 있지는 않은지 돌아보게 됩니다. 멀리 가는 것과 빨리 가는 것, 어느 것이 더 중요한 것일까요? ◼

아르케디 릴로프 (Arkady Alexandrovich Rylov, 1870~1939) ✒

러시아의 바트카(오늘날의 키로프)에서 태어났다. 어려서부터 며칠씩 숲과 초지를 누비면서 자연에 심취했던 그는 상트페테르부르크 아카데미에서 미술을 공부하는 동안 풍경화가 아르히프 쿠인지를 만나 그에게 매료된다. 풍속화와 역사화에 능통했으며 자연에 대한 진지함과 서정 그리고 사랑이 담긴 풍경화가 그의 대표 분야가 되었다.

아르케디 릴로프

창공에서
In the Blue Expanse

Oil on canvas | 109×152cm | 1918

큰 배를 탈 수 있게 만들어 놓은 잔교 위에 한 여인이 서 있습니다. 이제 출항을 앞둔 배에 남자 두 명이 보입니다. 두 남자를 배웅 나온 듯한 여인은 이런저런 당부를 하는 듯 뒷짐을 지고 있지만 어쩌면 아무 말 없이 그냥 그들을 보고 있는지도 모르겠습니다. 젊은이들이 바다로 나갈 준비를 하는 동안, 나이든 남자는 반대 방향을 바라보며 작은 배에서 노를 손질하고 있습니다. 흐르는 시간은 그렇게 역할도 구분하는 모양입니다. 눈앞에 보이는 바다는 잔잔하지만 계곡이 끝나는 곳에서 만나게 될 먼 바다 입구는 어떤 모습일지 지금으로는 알 수 없습니다. 남아 있는 사람에게는 걱정이, 떠나는 사람에게는 꿈이 있는 곳이 항구 아닐까요? 그나저나 햇빛에 반짝이는 물을 저렇게 묘사한 구데의 표현력이 놀라울 따름입니다.

    가 보지 못한 곳에 대한 상상은 나이를 먹어도 변함이 없습니다. 어려서는 기차를 며칠씩 타 보는 것이 꿈이었습니다. 기차가 좋았던 것도 있지만 내가 사는 곳과 다른 풍경을 만나는 것이 신기했지요. 요즘도 출장길에 시간이 나면 잠깐씩 옆에 있는 나라를 기웃거리는 버릇은 아마 그때부터 시작된 것 같습니다. 여전히 낯선 곳에 내리면 두렵습니다. 그리고 가슴이 뜁니다. 두려움과 두근거림, 건강하게 살고 있다는 신호입니다. 그대는 어떠신가요?

한스 구데 (Hans Gude, 1825~1903)

노르웨이 크리스차니어에서 태어났다. 뒤셀도르프 아카데미에 지원했지만 떨어진 후 그다음에 다시 응시하여 입학 허가를 받았고, 2년 뒤 최우수 학생이 되었다. 노르웨이에서 활동하던 그는 뒤셀도르프 아카데미에서 풍경화 지도 교수가 되었으며 나중에 베를린 아카데미로 옮겨 학생들을 지도하다가 은퇴했다. 노르웨이 풍경화를 개척한 화가라는 평가를 받았다.

한스 구데

모스 근처 잔교

The jetty at Feste near Moss

Oil on canvas | 63×100cm | 1898

맨해튼 남쪽 끝에 자리 잡은 배터리 파크에도 봄이 왔습니다. 공원 옆으로 펼쳐진 바다 위에 배 한 척이 바쁜 몸짓으로 구름이 낮게 내려 앉은 바다를 건너고 있습니다. 기차를 기다리는 사람들 주변으로는 연두색과 초록색 세상이 열렸습니다. 그렇지 않아도 가슴이 두근거리는데 땅을 흔드는 소리가 들려옵니다. 고개를 들어 보니 흰 연기를 피워 올리며 기차가 굽은 철길을 따라 천천히 들어오고 있습니다. 기차를 기다렸던 사람들이 움직이기 시작합니다. 문득 기차가 정차하고 문이 열리면 우아한 봄의 여신이 내리지 않을까 하는 상상을 해 봅니다. 봄은 모든 것을 맞이하는 시간이거든요.

✿ 사계절이 있는 우리나라에서 태어난 것이 대단한 행운이라는 것을 어려서는 잘 몰랐습니다. 출장을 다닐 기회가 많아지면서 이곳저곳을 기웃거리다 보니 우리나라는 참 복 받은 곳이라는 생각이 들더군요. 계절이 바뀐다는 것은 생활과 생각이 바뀐다는 것이고 그것은 다양하다는 말과 같은 뜻이 됩니다. 봄을 맞는 각오와 겨울을 맞는 각오가 다르지요. 그 때문에 그렇지 않은 곳보다 생활비가 더 많이 필요하다는 이야기도 있지만 풍부해지는 감성을 돈으로 환산하기는 어렵습니다. 계절이 바뀔 때면 어떤 준비를 하나요? 그리고 이제까지 쌓인 삶의 지층에 한 겹이 더 올라가는 지금은 훗날 어떤 색으로 남기를 원하는지 묻고 싶습니다. ✐

<hr>

윌러드 르로이 메트캐프 (Willard Leroy Metcalf, 1858~1925) ✐
미국 매사추세츠 주에서 태어났다. 처음에는 삽화가로 활동하였는데 보스턴에서 개최한 그의 작품 전시회가 성공을 거두자 본격적인 공부를 위해 파리로 떠난다. 파리에서 공부하는 동안 지베르니에 있는 모네의 정원을 찾아가 그곳에서 그림을 그린 최초의 미국 화가가 되었다. 귀국 후에는 삽화가를 그만두고 풍경화에 집중했다. 한때 생존 화가로는 미국에서 가장 높은 가격의 작품을 제작한 화가였다.

배터리 파크

Battery Park

Oil on canvas | 66×73.7cm | 1902

워털루 다리 주변으로 밤안개가 내려앉았습니다. 가로등은 안개 속에서 허공에 떠 있고 검은 실루엣으로 남은 사람들은 흐르다 멈춘 물감의 흔적처럼 그 자리에 멈췄습니다. 모든 것을 모호하게 감싸 버린 안개 때문에 남은 것은 정적뿐입니다. 혹시 영화 '애수'에 나왔던 그 워털루 다리일까요? 중학생 때 보았던 영화 속 비비언 리와 로버트 테일러의 모습을 지금도 잊을 수가 없습니다. 운명은 안개 속을 걷는 것과 같아서 앞을 정확하게 알 수가 없지요. 발레리나의 꿈을 키우던 여인과 전쟁터를 누비던 장교의 사랑도 그와 같았습니다. 안개 속에 있던 두 사람은 분명한 앞날을 볼 수 있다고 생각했을까요? 사람들의 발자국 소리, 마차 바퀴 소리가 안개 속에서 조금씩 흘러나오고 있습니다.

🐦 모호한 것이 좋을 때도 있습니다. 미래를 알 수 있다면 지금 이 순간은 의미가 없겠지요. 앞으로 어떻게 흘러갈지 뻔히 알고 있는데 굳이 고생하거나 노력할 필요가 없을 테니까요. 그렇다고 모호한 것을 보다 또렷하게 만들 수 있는 방법이 없는 것도 아닙니다. 자신의 연표 위에 자신이 가고 싶은 길의 좌표를 적어 두고 열심히 걷고 찾는 것이지요. 만약 도달하지 못한다면? 그렇다고 하더라도 그때까지 흘렸던 땀은 사라지지 않습니다. 신께서는 그 땀방울 하나도 다 헤아리고 계시거든요. 땀으로 젖은 그대의 연표가 가장 자랑스러울 때가 있을 겁니다. 🔳

빌렘 비첸 (Willem Witsen, 1860~1923) 🖋

네덜란드 암스테르담에서 태어났다. 암스테르담과 앤트워프 아카데미에서 공부했고 졸업 후 영국 여행 중 휘슬러의 작품을 보고 깊은 감동을 받았다. 어촌 마을 풍경을 담은 그는 배에 앉아 그림을 그리곤 했다. 화가의 시선이 수면과 거의 비슷해서 독특한 느낌의 작품이 탄생되었고 그것이 곧 그만의 특징이 되었다.

꿈

196

빌렘 비첸
한밤의 워털루 다리
Waterloo Bridge at Night

Board | 86,4×118,4cm

다섯.

육망과 슬픔의
아리아

욕망

본능과 이성 사이에서 고민할 때가 있습니다.
그 경계를 구분하는 것은
그렇게 간단한 일이 아니지요.

전쟁의 화신
The Apotheosis of war

Oil on canvas | 127×197cm | 1871

소름 끼치는 장면을 만났습니다. 황량한 들판에 쌓여 있는 해골이 작은 언덕을 이루었습니다. 까마귀들은 하늘과 해골 위에서 햇빛 아래 탈색되고 부서져 가는 해골을 바라보고 있습니다. 인적조차 끊긴 허물어진 마을이 보입니다. 그곳에서 이렇게 많은 사람들이 죽었을까요? 그리고 몸은 다 어디에 가고 머리만 모여 있는 것일까요? 전쟁이 끝나고 미처 치우지 못한 주검들은 푸른 하늘 밑에서 풍화되고 있습니다. 날이 너무 맑아서, 너무 밝은 때여서 더 처참합니다. 전쟁은 살아 있는 영(靈)을 파멸시키기도 하지만 죽은 혼(魂)도 비참하게 만드는 모양입니다. 구름 한 점 없는 푸른 하늘, 까마귀들이 점으로 날면서 전쟁의 참혹함을 이야기하고 있습니다.

  ✒ 세상이 어지럽게 돌아가고 있습니다. 예전 냉전 시대에는 나의 적이 누구인지 분명했습니다. 우리 편이 아니면 모두 타도해야 할 대상이었지요. 요즘 우리가 만나는 상황은 전혀 다릅니다. 종교에 따라서 이념에 따라서 상대해야 할 적들이 다양해졌습니다. 그런데 왜 이념과 종교가 적과 우리를 구별하는 기준이 되어야 하는지 여전히 알 수 없습니다. 우리가 싸워야 할 대상은 공포와 폭력 그리고 억압 같은 것들 아닌가요? 신께서 우리를 세상에 보냈을 때 적어도 해골로 된 탑을 쌓으라는 요구는 하지 않으셨겠지요. 서로 머리를 맞댈 용기와 배려가 필요한 때 아닌가요? 🖋

바실리 바실리예비치 베레시차긴
(Vasily Vasilievich Vereshchagin, 1842~1904) ✒

러시아 체레포베츠에서 태어났다. 해군사관학교 재학 중 미술에 관심을 두기 시작했고 졸업과 동시에 상트페테르부르크 미술 아카데미에서 공부했다. 파리 유학을 끝낸 뒤 러시아 군대에 지원, 영웅적인 활약으로 최고의 훈장을 받았고 이때 전쟁의 참혹함을 그림으로 담았다. 이런 작품들은 그에게 명성을 가져다주었지만 결국 러시아를 2년간 떠나야 했다.

윌리엄 프레더릭 에이미

아빠를 언제
마지막으로 보았지?

And when did you last see your father?

Oil on canvas | 131×251.5cm | 1878

작은 발판 위에 올라선 아이에게 턱을 괸 남자가 낮은 목소리로 묻고 있습니다. 아빠를 언제 마지막으로 보았지? 지금 이 식구들을 둘러싼 사람들은 의회파이고 심문받고 있는 가족의 아버지는 왕당파였습니다. 영국 시민혁명은 왕당파와 의회파와의 싸움이었지요. 얼굴이 붉게 달아오른 아이는 금방 울 것 같은 표정입니다. 말을 하면 아빠가 위험해질 것 같고 말을 하지 않으면 그동안 정직하라고 배웠던 그 모든 것이 무너지는 상황입니다. 어떻게 해야 할까요? 그런데 아이를 심문하는 사람들을 보면 이 사람들도 나쁜 사람은 아닙니다. 질문을 던지는 심문관의 얼굴은 아주 난처한 표정이고 창을 든 사내는 울고 있는 소녀의 어깨를 가볍게 토닥여 주고 있습니다. 주변에 앉아 있는 사람들의 표정에는 안타까움도 보입니다. 목적을 위해서 아이를 이용하는 자신들의 모습에 대한 자괴감 같은 것도 있겠지요.

✎ 자신이 원하는 것을 얻기 위해 수단과 방법을 가리지 않는 사람들이 득실거리는 요즘 세상에 비하면 그림 속 장면은 인간적입니다. 목적이 수단을 정당화하지 않습니다. 그런데 간혹 우리는 목적이 수단을 정당화하는 일과 마주치게 됩니다. 성과를 만들기 위해서는 어떤 수단도 상관없다는 집단 논리 앞에서 절망한 적도 있습니다. 그리고 언젠가 그런 것들이 조금씩 용인되는 기운도 느낍니다. 신께서 우리를 목적 지향적으로 창조하시지는 않은 것 같은데, 혹시 그대가 저 소년이라면 어떻게 하겠습니까? 심문관이라면? 📖

윌리엄 프레더릭 에이미 (William Frederick Yeames, 1835~1918) ✒

러시아의 타간로크에서 영국 영사의 아들로 태어났다. 독일 드레스덴에서 회화 공부를 한 후 로마와 피렌체에 7년간 머물면서 대가들의 작품을 연구했다. 영국으로 귀국 후 역사적인 장면들을 담은 그림을 그렸는데 풀리지 않는 딜레마나 패러독스가 담긴 작품들은 관객의 호기심을 끌었다. 정확한 역사적인 상황보다는 그때의 느낌을 그림으로 옮겼다.

기욤 세냑

피에로의 포옹

Pierrot's Embrace

Oil on canvas | 83.8×63.5cm | 1900

가면을 쓴 여인 뒤로 피에로가 슬며시 다가오더니 여인의 목덜미에 부드럽게 입술을 붙이고 한 손으로는 여인의 가슴을 움켜쥐었습니다. 깜짝 놀랄 만도 한데 목과 가슴에서 온몸으로 전달되는 짜릿함 때문인지 여인의 입술이 살짝 열렸습니다. 가면을 썼으니 누군지 알 수 없을 것이고 그렇다면 감춰 두었던 본능에 충실하면 되는 것이겠지요. 달아오른 듯한 여인의 피부와 얼굴을 하얗게 분장한 차가운 피에로의 대비가 섬뜩합니다. 그래서 우스꽝스러운 피에로가 마치 뱀파이어처럼 보이기도 합니다. 마치 연극의 한 장면 같은 이 광경은 잘못된 열락은 치명적이라는 것을 말하고 있는 것일까요?

   ✎ 가끔 본능과 이성 사이에서 고민할 때가 있습니다. 둘의 성격을 구별하는 것은 쉽지만 그 경계를 구분하는 것은 그렇게 간단한 일이 아니지요. 그래도 '건전한' 본능에 충실해 보라는 말을 하곤 합니다. 본능이라는 단어가 포함한 넓은 의미들 때문에 오해의 여지가 있을 수 있어서 꼭 '건전한'이라는 단어를 사족처럼 달게 되는데, 본능이 가지는 원시성은 또 다른 에너지입니다. 예를 들면 하고 싶지 않은 것을 하지 않는 것, 규격화되는 삶 속에서 잠시 벗어날 수 있는 힘은 본능에 충실할 때 왕성해지는 것 같더군요. 물론 지금 세상에서 그것은 또 다른 용기를 필요로 하지만 혹시 '건전한 본능'을 제거당한 채 살고 있지는 않은지 돌아보게 됩니다. 그대도 혹시 본능에 충실해 본 적이 있나요? ✎

기욤 세냑 (Guillaume Seignac, 1870~1924) ✎

프랑스 렌에서 태어났다. 아카데미 줄리앙에서 공부한 그는 아카데믹 화법의 작품으로 주목받았고 파리 살롱전에도 정기적으로 출품, 수상의 영예를 얻었다. 신화와 역사를 주제로 한 작품들은 당시 인상파가 주도하던 파리 화단에서도 인기를 얻었다. 1920년대 세계적인 경제 공황기 이후 잊힌 화가였으나 1970년, 평론가들에 의해 재발견되었다.

오라스 베르네

워털루 최후의 병사

The Last Grenadier of Waterloo

Oil on canvas | 46×55.6cm | 1818

전투가 끝났습니다. 유럽 전체의 운명을 결정하는 워털루 전투에서 나폴레옹은 패하고 말았습니다. 나폴레옹은 엘바 섬으로 유배되고 유럽의 역사는 또 한 번 크게 방향을 틀게 됩니다. 여기 워털루 전투에서 패한 병사가 망연자실한 표정으로 앉아 있습니다. 숨진 동료를 묻기 위해 땅을 파다가 잠시 생각에 잠긴 그의 모습은 처참합니다. 바지는 피로 물들었고 발은 붕대로 감았습니다. 아직 묻지 못한 동료의 시체가 여기저기 보입니다. 살아남은 자의 슬픔과 분노가 얼굴에 그대로 남았습니다. 역사의 바퀴가 구를 때마다 사라져 간 수많은 사람의 모습이 또 이 순간을 증언하고 있습니다. 당신들이 그렇게 스러져 간 대가를 지금 우리가 누리고 있는 것은 아닌지? 여전히 우리의 모습은 부끄럽습니다.

✒ 인류 역사 이전에 이미 신들의 전쟁이 있었기 때문에 전쟁이 이 땅에서 사라지기를 바라는 간절한 마음은 우리가 이 세상에 올 때부터 이미 시작되었겠지요. 예전의 전쟁이 재물에 대한 탐욕에 의한 것이었다면 지금의 전쟁은 나와 다름을 용서하지 않는 것으로 변했습니다. 관용과 포용을 보여야 할 사람들이 그 문을 닫는 순간, 그것을 기다리고 있던 사람들이 할 수 있는 것이라고는 전쟁의 또 다른 형태인 테러뿐입니다. 얼마나 더 오랜 시간, 많은 사람이 사라져야 우리는 전쟁의 공포에서 벗어날 수 있을까요? 나뿐만 아니라 당신도 사는 세상이라는 간단한 생각이 그렇게 어려운 것일까요? 정말 많이 부끄럽습니다. ◼

오라스 베르네 (Horace Vernet, 1789~1863) ✒

프랑스 루브르에서 태어났다. 할아버지는 풍경화가, 아버지는 전쟁화가였고 베르네 역시 파리 살롱전에 전쟁화를 출품하면서 등단했다. 나폴레옹 지지자였던 그는 나폴레옹 3세의 지원을 받았고 크림전쟁에 종군화가로 참여하기도 했다. 전쟁 속 그가 그린 작품 중에 불쾌하게 묘사된 장군의 모습을 삭제해 달라는 요청에 그는 "각하, 나는 역사화가입니다. 진실을 배반하지 않겠습니다."라고 말했다.

루브르 궁전 입구의 어떤 날

One morning at the gates of the Louvre

Oil on canvas | 1880

루브르 궁전 문 앞에 사람들의 시체가 즐비합니다. 검은 옷을 입은 여인은 당시 프랑스 왕 찰스 9세의 어머니 캐더린입니다. 그리고 학살당한 사람들은 위그노파라고 생각되는 사람들입니다. 이 사건은 1572년 8월 24일 성 바르톨로메오 축일 전야에 일어났습니다. '바르톨로메오의 대학살'이라고 불리는 이 일의 배후 인물로 캐더린이 지목되었지만, 확실한 것은 아니었습니다. 종교와 세속이 뒤섞이면 상상할 수 없는 일들이 일어나곤 합니다. 아무것도 모르고 죽은 어린아이의 모습도 보입니다. 그런데 역사는 묘한 것이어서 비슷한 일들이 되풀이 되곤 합니다. 1871년 파리에는 시민과 노동자가 중심이 된 파리코뮌이 탄생합니다. 그러나 이 자치 정부는 정부군에 의해 진압되었고 '피의 1주일'간 3~4만 명이 파리코뮌에 참가했다는 이유로 학살당합니다. 퐁상은 이 사실을 그리고자 예전의 학살을 주제로 가져왔습니다. 이런 역사가 앞으로는 반복되지 않는다고 말할 수 없습니다. 지금도 진행되고 있으니까요.

✎　역사는 반복된다는 말을 들을 때마다 부정하고 싶지만, 나타나는 상황을 보면 그것은 그저 혼자만의 중얼거림일 뿐입니다. 인류 전체가 건망증에 걸리지 않았다면 지난 일에서 배운 것을 기억하고 있을 텐데 여전히 막무가내 식으로 역사가 흐를 때가 있습니다. 우리 핏속에는 되풀이하는 DNA가 있는 것일까요? 역사의 주체 중 하나인 나의 역할은 무엇일까요? 그리고 그대의 역할은 무엇일까요? ■

에두아르 베르나르 드바 퐁상
(Edouard Bernard Debat-Ponsan, 1847~1913)

프랑스 남부 툴루즈에서 태어났다. 파리의 에콜 데 보자르에서 미술 공부를 끝낸 그는 아카데믹 기법으로 역사 속 사건이나 신화 등을 주제로 작품을 제작했다. 풍경화는 물론 동물과 사람 묘사에도 능했는데 특히 경력 후반에는 초상화가로 사람들의 관심을 끌었다. 그의 아들도 훗날 화가가 되었다.

욕
망

토마 쿠튀르

황금 때문에
The Love of Gold

Oil on canvas | 154×188cm | 1844

책상에 한 무더기 금화를 올려놓자 남녀가 모여들었습니다. 괴테의 『파우스트』 중 한 장면이라고 하는데, 그렇다면 마르가레테가 집 앞에 놓인 보석함을 보고 즐거워할 때 친구인 마르타가 나오고 파우스트와 메피스토펠레스가 등장하는 장면쯤인 것 같습니다. 이 순간 책상 주위로 몰려든 사람들의 적나라한 모습에 가슴이 답답해집니다. 황금의 주인이 누구인지는 관심도 없습니다. 내 것이 될 수만 있다면 사내에게 가슴을 보여 주는 것 정도는 아무것도 아닙니다. 영혼을 팔겠다는 각서에 서명하는 것도 문제가 안 됩니다. 몽롱한 남녀들의 눈과 차갑게 가라앉은 파우스트, 그 뒤에 서 있는 메피스토펠레스의 눈에 담긴 냉소가 섬뜩합니다. 끝없이 자신을 흔드는 것, 무엇인지요?

🖋 어쩌다 보니 우리에게 가장 소중한 것이 무엇인지 잊고 사는 순간이 많아지고 있습니다. 소중한 것보다는 급한 것에 몰두하고, 마음이 편한 것보다는 몸이 안락해지는 것을 우선 찾고 있습니다. 그렇게 시간이 지나고 돌아보면 소중했던 것들은 사라지고 비어 있는 마음만 남는 경우를 만나곤 합니다. 우리의 눈을 가리고 있는 것은 무엇일까요? 혹시 눈가리개를 나 스스로 만들고 있는 것은 아닐까요? 모두가 그 길을 간다고 아무 생각 없이 그 길을 따라 나서야 하는 것일까요? 수많은 물음이 우리를 흔들고 있습니다. ▪

토마 쿠튀르 (Thomas Couture, 1815~1879) 🖋

당대 최고의 드로잉 화가라는 평을 받았다. 기존 제도권의 화풍에 반감을 가지고 있었고 냉소적인 주제가 작품의 주류를 차지했다. 화가로도 뛰어났지만 미술 선생님으로도 유명했는데 그의 제자 중에는 마네, 샤반느, 라트르 등이 있었고, 6년간 쿠튀르의 화실에서 공부한 마네는 결국 스승과는 다른 화풍을 걷게 된다.

슬픔

후회 없이 슬퍼하라고 말하고 싶습니다.
슬픔이 멈춰야 다시 일어날 수 있거든요.

움직이지 마! 아주 긴장된 순간입니다. 장미를 꺾다가 그만 가시가 손에 박혔습니다. 던져 놓은 장미를 보니 잔가시입니다. 바늘로 가시를 빼내는 소녀의 신경은 온통 바늘 끝에 가 있고 가시에 찔린 소년의 표정은 굳어질 대로 굳어졌습니다. 가시에 찔린 손을 맡겼지만, 바늘을 든 소녀의 어깨에 올려놓은 또 다른 손은 긴장으로 푸른 힘줄이 보일 정도입니다. 이 모습을 바라보는 인형의 눈도 커졌습니다. 그렇죠, 따끔거리는 그 느낌 때문에 가시에 박히고 나면 신경이 쓰입니다. 사람마다 가슴에 박힌 가시 하나쯤 있겠지요. 그 가시가 녹아 없어지는 날이 올까요?

🌿 농장 안의 비닐하우스 양쪽 출입구에 장미터널을 만들고자 작년부터 장미를 기르고 있습니다. 가지도 자르고 줄도 묶어서 터널 모양을 만들기 위해 사다리까지 놓고 자주 장미를 손질합니다. 그때마다 장미 가시에 찔리고 긁히곤 했습니다. 꽃은 예쁜데 다루기가 여간 까다로운 것이 아닙니다. 언제부턴가 가죽으로 된 장갑을 끼고 아무리 더워도 장미를 손질할 때는 긴팔 옷을 입습니다. 몇 번 긁히고 나니까 대비하는 것이지요. 그런데 아무리 대비해도 요즘 생기는 마음의 작은 상처는 피할 길이 없더군요. 제 주위에는 눈에 보이지 않는 장미가 많은 모양입니다. 물론 저도 누군가에는 그렇겠지만요. 혹시 그대도 제 가시에 찔린 적이 있나요? 🔇

찰스 웨스트 코프 (Charles West Cope, 1811~1890) ✒

영국 리즈에서 부모 모두 아마추어 수채화가인 가정에서 태어났다. 어려서 런던에 있는 기숙학교에서 공부했는데 친구들의 괴롭힘으로 팔이 부러졌고, 이 사고로 그는 평생 굽은 팔을 가지고 살아야 했다. 로열 아카데미에서 공부한 그는 풍속화가와 역사화가, 에칭화가로 명성을 얻었고 나중에는 로열 아카데미 교수로 활동했다. 신체장애가 화가가 되는 길을 막을 수는 없었다.

찰스 웨스트 코프

◇

가시
The Thorn

Oil on canvas | 1866

처음 이 그림을 본 순간, 거대한 슬픔 덩어리가 앉은 것을 보는 듯했습니다. 얼굴과 손이 맞닿은 곳에 흰색으로 칠해진 선은 마치 그녀의 눈물이 흐르는 것 같고, 그래서 비정상적으로 큰 그녀의 손이 오히려 안타깝습니다. 그녀가 기대고 앉은 벽의 무늬도 그녀의 슬픔이 사방으로 퍼지는 듯한 느낌을 주고 있습니다. 한쪽에 서서 대화를 나누고 있는 부부를 보니 차마 여인을 위로하기조차 어려운 일이 일어난 모양입니다. 슬픔은 기억 속에서 점차 사라지는 것처럼 보이지만 가끔 아물었다고 생각했던 상처를 툭툭 건드리곤 합니다. 우선 후회 없이 슬퍼하라고 말하고 싶습니다. 슬픔이 멈춰야 다시 일어날 수 있거든요.

　　🙪　이제까지 참 많이 울었습니다. 몸이 너무 아파서 울었던 적도 있고 사랑했던 가족이 다른 세상으로 떠나는 모습을 지켜보면서 다시 만날 수 없다는 생각에 울었던 적도 있습니다. 하지만 가장 가슴 아팠던 눈물은 제 자신이 한없이 초라하게 느껴질 때였습니다. 견디기 힘들 만큼 자신이 미웠고 비참한 기분이 며칠씩 유지되곤 했지요. 그런데요. 그 시간이 지나고 나면 조금 더 단단해졌습니다. 이미 늦은 것은 과감하게 포기했고 할 수 있는 것을 다시 시작했거든요. 울어야 할 상황이 무서운 것이 아니라 나아진 것이 아무것도 없는 상황이 더 무서웠지요. 물론 제게는 앞으로도 울음이 터질 일이 많이 남아 있습니다. 그러나 다시 일어날 수 있을 것 같습니다. 🎨

폴 랑송 (Paul Ranson, 1864~1909) 🖋

프랑스 남부 리모주에서 태어났다. 국립장식학교에서 미술을 공부한 후 파리에 있는 아카데미 줄리앙에서 공부를 이어 갔는데 이곳에서 세루지에를 만나게 된다. 고갱으로부터 이미 영향을 받은 세루지에와 의기투합한 그는 친구들과 함께 장식성이 강한 회화를 그렸던 나비파를 결성, 실질적인 리더가 된다. 마술과 접신술, 신비주의에도 관심이 많은 화가였다.

울고 있는 여인

Woman Crying

Oil on canvas | 22×19cm | 1891

강을 건너는 배 위 풍경이 낯섭니다. 일반적으로 남자들이 노를 젓고 여인들이 가운데 앉아 있는데, 젊은 여인이 노를 젓고 있고 나이든 여인은 물끄러미 배 가운데 앉은 남자를 바라보고 있습니다. 어깨를 부축하고 있는 남자의 한 손에 술병이 들려 있고 두 남자의 모습에서는 짙은 슬픔이 느껴집니다. 무슨 일이 있었던 것일까요? 혹시 상상할 수도 없었던 이별을 끝내고 돌아오는 길일까요? 출렁거리는 물만큼 배 위에 있는 사람들의 마음도 흔들리고 있습니다. 지금 건너는 강의 이름이 레테였으면 좋겠습니다. 모든 것을 잊어버리는 것도 슬픔을 이겨 내는 방법 중 하나거든요. 슬픔은 파란색과 어울린다고 했던가요? 강물이 오늘따라 더 새파랗습니다.

    🌿   살다 보면 마주칠 수밖에 없는 슬픔이 있습니다. 언젠가는 떠난다는 것을 모두 알고 있지만, 그것은 아주 훗날의 일이고 적어도 나에게는 당분간 오지 않을 거라고 믿곤 합니다. 또 어떤 슬픔은 전혀 예기치 않게 찾아와서 한순간에 몸과 마음을 무너뜨리기도 합니다. 지나 보니 슬픔은 내가 걸어온 길 곳곳에 커다란 웅덩이로 남아 있습니다. 그 웅덩이에서 빠져나올 때까지가 힘들었습니다. 앞으로 얼마나 많은 슬픔을 만날지 모르겠지만 피할 방법은 없습니다. 그렇다면 참고 건널 수밖에요. 슬픔은 무시할 때 잊히더군요. 그대도 그렇게 슬픔을 이겨 냈으면 좋겠습니다. 🖼

에로 예르네펠트 (Eero (Erik) Nikolai Järnefelt, 1863~1937) 🖋

핀란드 출생으로 헬싱키에서 성장했다. 러시아 상트페테르부르크 아카데미를 거쳐 파리에서 미술을 공부했고 핀란드의 미술에 자연주의 화풍을 도입, 핀란드의 전통을 그림으로 표현했으며 뛰어난 풍경화가이자 초상화가였다. 그의 여동생이 핀란드의 국민 음악가 시벨리우스와 결혼해서 처남, 매제 사이가 된다.

에로 예르네펠트

집으로 돌아가는 길
Kotimatkalla

Watercolor and gouache | 49×78.5cm | 1903

담뱃대에 불을 붙이고는 의자 깊숙이 등을 기댔습니다. 팔짱을 끼고 다리도 꼬았습니다. 그래도 쉽게 머릿속이 정리되지 않자 아예 눈까지 감았습니다. 허물어진 담 너머로 파란 하늘이 보이는데 담을 타고 올라가는 담쟁이 넝쿨처럼 가슴속 상념들이 얽히고 말았습니다. 생각 같아서는 등 뒤에 박혀 있는 문고리에 생각을 질끈 묶어 놓고 낱낱이 따져 보고 싶은데 생각은 모였다가 풀어지기를 반복하고 있습니다. 그렇다면 배경 속 흰 벽처럼 머릿속이 하얗게 될 때까지 기다리는 수밖에 없습니다. 문제의 실마리를 찾을 것인가 아니면 문제를 잘라 버릴 것인가를 결정하는 일은 늘 힘이 드는 일이지요. 사내의 얼굴이 점점 붉어지고 있습니다.

     정리되지 않은 생각과 일이 뒤섞이면 참 괴롭습니다. 우선순위를 정하고 중요도를 따져 시작해야 한다는 이론은 말처럼 간단한 것 같지만 이런 경우에는 거의 도움이 되지 않습니다. 그런 와중에 소중한 것을 먼저 해야 한다는 말이 슬며시 끼어들기도 합니다. 그런데 우리 사는 세상은 급한 것과 소중한 것을 구분할 수 있을 만큼 여유롭지도 않습니다. 마음이 시키는 대로 하는 것이 제일 좋은 것 아닐까 싶습니다. 나만큼 나 자신을 잘 아는 사람은 없거든요. 그런데 궁금합니다. 그대만의 방법은 어떤 것인지.

어스킨 니콜(Erskine Nicol, 1825~1904)

스코틀랜드 리스에서 태어났다. 어려서부터 장식화가의 견습생 생활을 하던 그는 에든버러에 있는 트러스티스 아카데미에서 공부한 후 더블린에서 미술 교사로 활동했다. 이후 초상화와 아일랜드 사람들의 유머가 담긴 일상을 작품에 담았고 런던으로 진출, 로열 아카데미에 작품을 전시하는 등 활발한 활동을 했다. 아일랜드를 진정으로 사랑한 화가라는 평가를 얻었다.

어스킨 니콜

담배 피는 남자
A Man Smoking

Oil on millboard | 20.9×18.5cm | 1856

여섯.

마음과 쉼에
관하여

마음

올겨울이 지나면 나무는 조금 더 굵어질 것이고
차가움을 이겨 낸 훈장은
나이테 하나를 추가하는 것으로 나타나겠지요.

니콜라이 두보브스키

◇

몹시 추운 아침

The Frosty Morning

Oil on canvas | 1894

하루 중 가장 추운 때는 아침 해가 뜨기 전입니다. 구름이 내려앉아 아래쪽을 가린 하늘은 떠오르는 해로 붉게 물들기 시작했습니다. 나뭇가지에 눈이 없는 것으로 보아 눈이 내린 지 며칠 지났지만 차가운 날씨 탓인지 땅에 그대로 쌓인 것 같습니다. 마을 옆을 흐르는 제법 큰 시내도 얼어붙었습니다. 길 위에 발자국도 보이지 않는 것을 보면 인적도 끊긴 모양입니다. 차가운 기운이 스멀스멀 그림 밖으로 흘러나오고 있는데, 눈을 뒤집어쓰고 있는 지붕 위 굴뚝에서 연기가 피어오르고 있습니다. 간밤을 잘 보내고 아침을 맞이했다는 뜻이겠지요. 벌판 끝에서도 연기가 보입니다. 그마저 없었다면 너무 쓸쓸한 겨울 아침이 되었겠지요.

당당하게 화면 한가운데 서 있는 겨울나무가 한참이나 시선을 놓아주질 않습니다. 앙상한 그 몸으로 용케도 차가운 겨울을 이겨 내고 있구나 하는 안쓰러움 때문입니다. 벌판을 건너오는 찬 바람을 혼자 온전히 다 받아내고 있는 그 모습이 한편으로는 대견하기도 합니다. 문득 여름의 이곳 풍경을 상상해 봤습니다. 푸른 대지와 시냇물이 흐르는 둑 위에 위세 좋게 서서 초록 잎들을 가득 달고 있는 나무가 떠오릅니다. 길을 지나가던 사람들이 잠시 나무에 등을 기대고 앉아 물을 내려다보는 모습도 상상이 됩니다. 근사한 모습이지요. 올겨울이 지나면 나무는 조금 더 굵어질 것이고 차가움을 이겨 낸 훈장은 나이테 하나를 추가하는 것으로 나타나겠지요. 훈장 받을 준비가 되셨는지요?

니콜라이 두보브스키 (Nikolay Dubovskoy, 1859~1918)

아카데미에서 '러시아 풍경화의 얼굴을 바꿨다'는 평을 받는 클로트의 지도를 받았다. 기존 질서에 반하여 만들어진 이동파의 멤버이자 리더로 활약했고, 겨울과 고요하고 적막한 풍경이 그의 작품의 주요 주제였다. '알려졌다고는 하지만 충분하지 않다'라는 말이 그에 대한 평가이다.

마음

프레더릭 모건

사과 따기
An Apple-gathering

Oil on canvas | 97×152.5cm | 1880

남자 어른은 보이지 않고 여인과 아이들뿐입니다. 나름대로 모두 자기 역할이 있습니다. 사과나무 위에 올라가서 가지를 흔드는 아이가 있는가 하면 큰 보자기를 펼치고 있는 아이들이 있고, 앞치마에 사과를 담아 광주리에 담는 아이가 있습니다. 아이들을 바라보는 엄마의 눈길은 햇볕처럼 따뜻하고 아이들 웃음소리는 사과나무 숲으로 번져 나가고 있습니다. 그런데 오른쪽 두 모녀는 같은 식구가 아닌가 봅니다. 떨어진 사과를 줍는 모습이나 이마에 손을 대고 있는 아이의 표정이 나머지 인물들과 대조됩니다. 눈처럼 흰 보자기는 햇빛 아래 빛이 나고 있는데 두 모녀의 등에는 그늘이 앉았습니다. 할 수 있다면 저라도 도와주고 싶습니다.

   간혹 여행길에 비행기 앞좌석 등에 붙어 있는 내비게이션을 볼 때가 있습니다. 세계 시간을 알려 주는 지도를 보면 어느 지역이 낮이고 밤인지가 정확하게 나타나더군요. 지리적인 것을 그림으로 옮겨 놓은 것이지만, 낮과 밤이 한 평면 위에 전개되는 것을 볼 때마다 어둠과 밝음이 어디 지도뿐일까? 하는 생각이 들곤 합니다. 나무에서 사과를 따는 사람이 있는가 하면 모두가 떠나고 난 뒤 아무도 가져가지 않은, 땅에 떨어진 사과를 줍는 사람도 있거든요. 환한 세상이 이 세상의 전부는 아닌데 어쩌자고 자꾸 그것을 잊어버리는지 모르겠습니다. 물론 어딘가에 펼쳐지고 있을 어둠도 함께 떠올리는 그대는 다르지만요.

프레더릭 모건 (Frederick Morgan, 1847~1927)

런던에서 화가의 아들로 태어났다. 열여섯의 어린 나이에 그의 작품이 로열 아카데미에 전시되고 판매될 정도로 재능이 뛰어났다. 하지만 이후 슬럼프를 겪다 초상화가로 다시 명성을 얻었다. 특히 행복한 어린이의 모습을 묘사하는 데는 당대 최고라는 평가를 받았다. 그는 세 번 결혼했고, 그의 아이들 중에 두 명이 화가가 되었다

마음

231

페르디난드 게오르그 발트뮐러

수업이 끝났어

After school

Oil on canvas | 1841

수업이 끝났습니다. 한꺼번에 쏟아져 나온 아이들로 교실 앞은 정신이 없습니다. 선생님은 조용히 하라고 손가락을 들어 주의를 주지만 아직 어린 아이들에게는 쉽게 통할 것 같지 않습니다. 아이를 마중 나온 할아버지도 보이고 무슨 일인지 훌쩍이는 아이도 있습니다. 밀려 넘어진 아이도 있고 그 와중에 어린 사랑 놀음에 빠진 커플도 있습니다. 선생님께 받은 선물을 자랑하는 모습도 있고 그것을 부러워하는 아이도 있습니다. 아직 밖으로 나오지 못하고 계단에 서 있는 아이들의 고함 소리까지, 참 그리운 풍경입니다. 그리고 신나는 순간입니다.

✎ 수업이 끝나고 하교하는 길은 늘 즐거웠습니다. 놀러 갈 수 있는 시간이 왔기 때문이 아니라 학교로부터의 해방감 때문이었습니다. 또 한편으로는 오늘 하루도 꼭 해야 할 일을 다 했다는 성취감 같은 것도 있었습니다. 규격 안에 나를 가두어 놓으면 환경과 조건이 아무리 좋아도 즐겁지 않습니다. 자유는 내가 하고 싶은 것을 하는 것이고 행복은 내가 하는 일을 사랑하는 것이라고 했던가요? 그렇다면 자유와 행복은 내가 가지고 있는 열정과 열정의 대상이 되는 것에 대한 애정이 바탕이 되어야 합니다. 행복하지 않다면 조금 부족한 열정과 애정을 보충하는 것은 어떨까요? 물론 그 모든 것은 내 몸 안에 있습니다. 다만 내가 건드리지 않을 뿐이지요. ▨

페르디난드 게오르그 발트뮐러 (Ferdinand Georg Waldmüller, 1793~1865) ✎
오스트리아 비엔나에서 출생했다. 비엔나 아카데미에서 공부한 그는 초상화가로 경력을 시작했다. 성악가인 아내를 만나 아내의 공연 무대의 배경을 담당하는 한편 '모델의 실체를 담았다'는 평을 들을 정도로 초상화가로도 성공했다. 베토벤의 초상화도 그린 그는 훗날 풍경화가로도 높은 평가를 받았다. 도대체 그에게 부족한 것은 무엇이었을까?

알프레드 기유

안녕

Adieu

Oil on canvas | 170×245cm | 1892

상황은 이제 절망적입니다. 바닷속으로 빠져 들어가는 아이를 잡기 위해 아이의 바지를 움켜쥔 남자의 손등에는 굵은 핏줄이 터질 것처럼 일어났습니다. 부서진 배 조각에 몸을 기대고 있는 시간도 얼마 남지 않았습니다. 하늘에 닿을 듯한 파도가 두 사람을 향해 고개를 들었기 때문입니다. 축 늘어진 아이의 몸에 마지막 숨을 불어 넣어 보지만 부질없는 짓이라는 것을 남자는 잘 알고 있겠지요. 그렇다면 숨을 불어 넣은 것은 마지막 인사일 수도 있습니다. 이 순간 그에게 무슨 생각이 남아 있을까요? 어떤 말이 남아 있을까요? 사랑했다고, 같이 살아서 즐거웠다고, 이렇게 마지막까지 같이 있어서 행복했다고……. 두 사람을 둘러싸고 있는 파도는 미쳐 가는데 두 사람의 모습은 정지된 듯합니다. 파도 소리도 남자의 작별 인사를 막지 못하겠지요. 그래서 더 비극적이고 더 안타깝습니다.

✑ 세상을 떠나기 전에 많은 사람들이 가장 아쉬워하며 하는 말이 '그때 그 말을 하지 못했다'였다고 들은 적이 있습니다. 조금 이따가, 나중에, 라는 핑계를 대고 미뤘던 말들을 끝내 하지 못한 후회인 것이지요. 그렇다면 지금 당장 하면 될 것 같은데 쉽지 않습니다. 용기가 없는 탓도 있습니다. 그런데 무엇이 무서운가요? 이렇게 가슴에 담고 가실 건가요? 끝내 핑계가 후회와 늘 함께 다니는 것을 지켜만 보실 건가요? 🔳

┌───┐
│   알프레드 기유(Alfred Guillou, 1844~1926) ✒
│ 프랑스의 항구도시 콩카르노에서 태어났다. 파리에서 공부한 후 다시 고향으로 돌아
│ 간 그는 고향의 모습을 그림으로 표현하는 한편 콩카르노에 모인 화가들과 함께 콩
│ 카르노파를 결성해 사실적인 주제와 풍속 관련 주제를 조화롭게 연결했다는 평가를
│ 받았다. 살롱전에서 많은 메달을 수상하는 등 성공적인 화가의 길을 걸었다.
└───┘

마음

헨리 베이컨

에트르따 해변

Beach at Etretat

Oil on canvas | 45.72×55.25cm | 1881

쿠르베와 모네와 같은 화가들이 즐겨 찾던 곳으로 화가들 사이에는 유명한 곳, 노르망디의 에트르따 해변입니다. 짙은 황토색 칠을 한 집은 아마 요즘의 해수욕장 탈의장 같은 곳이겠지요. 물에 젖은 신발들은 지붕 위에서 마르고 있고 젖은 옷들은 벽에 걸렸습니다. 방금 바닷가에서 돌아오는 여인은 커다란 수건으로 몸을 감쌌습니다. 바다를 즐길 수 있는 옷으로 갈아입은 여인이 탈의장 문을 열고 나오자 얼른 무릎을 꿇고 한 여인이 샌들 끈을 묶어 주고 있습니다. 아가씨, 돈 많이 벌어서 언젠가는 탈의장 속 여인처럼 누군가에게 발을 내밀어야겠지요? 됐거든요. 저는 돈 많이 벌어도 제 신발 끈은 제가 묶을 거예요. 신발 끈을 묶다 보면 각오도 함께 묶게 되니까요.

🖎 취미 삼아 조그만 밭에 꽃을 기르고 있습니다. 섞어서 심다 보니 키가 큰 것과 작은 것이 함께 어울려 자랍니다. 그 꽃들을 기르며 배운 것은 조화였습니다. 작은 꽃은 큰 꽃을 부러워하지 않고 자신만의 색깔을 내는 데 최선을 다합니다. 그래서 작은 꽃도 예쁩니다. 물론 그렇게 한다고 해서 작은 꽃이 해바라기만큼 클 수는 없지요. 가장 아름다워지기 위해서는 남과 비교하는 것을 버려야 합니다. 이 세상에서 극복하기 가장 어려운 대상이 자신이기 때문이지요. ▨

헨리 베이컨 (Henry Bacon, 1839~1912) 🖋

파리 에콜 데 보자르에 입학, 카바넬의 지도를 받게 되는데 에콜 데 보자르에 처음으로 입학이 허용된 미국 화가들 중 한 명이었다. 그의 주요 주제는 교외의 풍경 속에 녹아 있는 인물들의 모습이었고, 특히 노르망디 해변가 사람들의 삶을 많이 그렸다. 그의 작품에는 여객선의 갑판을 묘사한 작품이 많은데, 이 주제는 파리와 미국 양쪽으로부터 호평을 받았다.

주세페 데 니티

광대 모습의 사라 베르나르

Sarah Bernhardt as pierrot

Oil on canvas | 66×54.6cm

얼굴 가득 슬픔이 담겼습니다. 축 처진 눈 밑에 깔린 다크 서클은 지금 그녀가 몹시 우울하다고 말하고 있습니다. 상상이지만, 풍성하고 화려한 옷에는 빈약한 몸이 숨어 있을 것 같습니다. 비극이란 서로 다른 것이 같은 곳에 존재할 때 일어나는 것이지요. 검은색을 배경으로 서 있는 여인은 19세기 후반, 프랑스뿐만 아니라 유럽에서 가장 유명했던 여배우 사라 베르나르입니다. '세계 역사상 가장 유명한 배우'라는 말을 들은 그녀에게는 '신성한 사라'라는 호칭이 붙어 있었죠. 앤디 워홀, 로트레크 그리고 르파주 같은 화가들이 그녀의 모습을 담았습니다. 비록 그림이지만 웅크린 어깨와 멍한 눈빛으로 광대의 슬픔을 보여 주는 것만 봐도 그녀의 내공을 알 수 있습니다. 그런데 그녀의 옷이 지금은 세상을 떠난 앙드레 김 선생님 의상과 닮은 것 같군요.

🖋 평생 한 얼굴로 사는 사람이 있는가 하면 여러 얼굴로 사는 사람이 있습니다. 동시에 여러 얼굴로 사는 사람이 있는가 하면 시간을 두고 다른 인생을 사는 사람도 있습니다. 쉽지는 않지만 여러 인생을 살아 보고 싶습니다. 남편과 아버지, 회사원 같은 얼굴 말고 또 다른 몇 개의 얼굴이 있으면 좋겠습니다. 얼마나 시간이 남았는지 알 수 없지만, 그 시간 동안 몇 개의 얼굴을 가질 수 있을지 궁금합니다. 그렇게 되도록 노력하겠습니다. 약속합니다. ■

주세페 데 니티 (Giuseppe De Nittis, 1846~1884) 🖋

이탈리아 남서부 비를레따에서 태어났다. 나폴리에 있는 미술 아카데미에 입학했으나 2년이 안 되어 퇴학을 당하고 말았다. 이후 파리를 여행하며 인상주의 기법을 배워 이탈리아로 돌아왔지만, 다시 파리로 건너가 그곳에 정착한다. 드가, 모네와 친했고 그의 작품의 주제는 파리 사람들이었다. 파리에 있는 그의 집은 이탈리아에서 온 화가들의 아지트가 되기도 했다. 서른여덟의 나이에 갑작스런 발작으로 세상을 떠났다.

마음

라이오넬 월든

하와이 어부

Hawaiian Fisherman

Oil on canvas | 132.1×193cm | 1924

그물을 든 사내가 바닷가를 멍하게 바라보고 있습니다. 구름 사이로 내려온 햇빛이 바다를 비추고 있는데 몰려오는 파도의 기세가 심상치 않습니다. 수없이 드나들었던 바다지만, 이렇게 입수하기 전에는 늘 가슴이 두근거립니다. 검게 묘사된 사내의 등과 몸의 실루엣에 굳건하게 버티고 살아온 어부의 생활이 녹아 있습니다. 그림 속 어부만 그럴까요? 매일같이 반복되는 일상이지만 마음 편히 시작해서 끝나는 날이 우리에게는 얼마나 있었을까요? 그렇다고 돌아갈 수는 없는 일이지요. 심호흡을 하고 바닷속으로 몸을 밀어 넣어야겠습니다. 아니 밀어 넣을 수밖에 없습니다. 저는 오늘도 무사히 그 바다에서 돌아왔습니다.

✒ 월요일부터 금요일까지의 생활은 대개 비슷합니다. 같은 것들이 반복되다 보니 주말이 가까워질수록 집중력이 떨어집니다. 물론 늘 긴장하며 살아야 하는 것은 아닙니다. 그리고 절대로 그래서도 안 됩니다. 그래도 놓지 말아야 할 것들은 있습니다. 삶이 아무리 길거리 좌판 위에서 팔리는 것들과 비슷하다고 해도 삶에 대한 진지함을 버려서는 곤란합니다. 진지함은 자신의 삶에 대한 애정과도 같은 말이 아닐까 싶습니다. 내가 나를 사랑하지 않으면서 남의 사랑을 기대하기는 어렵지요. 피곤함과 진지함을 바꾸지는 않겠지요? ▩

라이오넬 월든(Lionel Walden, 1861~1933) ✒

미국 코네티컷 주에서 태어났다. 파리로 미술 유학을 떠나 그곳에서 그림을 배웠는데, 처음에는 인물화에 치중했다가 차츰 바다 풍경을 주요 주제로 삼았다. 하와이에서 1년간 머물면서 바다 풍경에 매료된 그는 파리로 돌아가서도 하와이를 주기적으로 방문, 그곳 풍경을 그림에 담았다. 하와이의 극적인 밤의 풍경을 담은 화가들을 화산파라고 하는데 월든도 그중 한 명이었다.

마음

해변의 여인
Young Woman on the Beach

Oil on canvas | 125.5×91.5cm | 1888

해를 비스듬히 등지고 앉은 여인에게서 빛이 뿜어져 나왔습니다. 해안가를 따라 걷다가 잠시 쉬는 듯한 그 여인 때문에 한동안 자리를 뜰 수 없었습니다. 태양은 바다 위에서 반짝거리는 흔적으로 여인 주변을 서성거리고 있었고 그 햇빛을 등지고 앉은, 모자를 쓴 여인 옆에는 꼭 그만한 길이의 그림자가 자리를 잡았습니다. 옅은 분홍색 스커트는 여인의 날렵한 몸을 하늘 높이 밀어 올릴 것처럼 경쾌하게 날리고 길고 검은 머리는 그녀의 목을 부드럽게 감고 있었지요. 햇빛과 바람이 가득한 해변, 모자챙을 가볍게 쥔 여인의 가슴에는 무엇이 담겨 있을까요? 지난 계절도 저렇게 상큼했을까요?

✑ 잊히지 않는 장면들이 있습니다. 아니 오히려 시간이 지날수록 더욱 또렷해지는 것들이 있습니다. 한 장의 스틸 사진처럼 가슴에 자리 잡고 있는 것들이지요. 바쁘게 살면서 마음의 먼지들이 뽀얗게 내려앉았다가 어느 순간 먼지를 털어내면 마치 어제의 것처럼 등장하는 것들입니다. 그런 것들이 많을수록 삶은 풍부해지는 것이겠지요. 잠시 혼자 있는 시간, 낯선 곳으로의 여행, 일정 기간의 침묵은 마음을 청소하는 가장 좋은 방법이라는 것을 살짝 알려드리고 싶습니다. 그런데 얼마나 자주 마음에 쌓인 먼지를 씻어 내고 계신지요? ◼

필립 윌슨 스티어(Philip Wilson Steer, 1860~1942) ✒

영국의 리버풀 근처에서 태어났다. 초상화가였던 아버지로부터 처음 그림을 배웠고 사우스켄싱턴 미술 학교를 거쳐 파리에서 유학했다. 바다를 사랑했고 바닷가의 소년, 소녀가 그의 중요한 작품 소재가 되었다. 영국의 인상파 풍경화가로 활동했지만 말년에는 수채화에 몰두했다. 그가 마지막으로 남긴 말은 "그릴 만큼 그렸어!"였다.

첫 영성체, 디에프
The First Communion, Dieppe

Oil on board | 49.5×75.3cm | 1878

프랑스의 해변 마을 디에프에 첫 영성체 의식이 시작되었습니다. 가톨릭 신자가 아닌 사람에게는 생소한 의식이지만, 첫 영성체는 세례를 받고 난 사람이 처음으로 성체를 모시는 중요한 의식입니다. 내 몸 안으로 예수님의 몸을 받아들인다는 것은 예수께서 말씀하신 대로 살겠다는 뜻입니다. 흰 옷을 입은 아이들은 풀이 깔린 길을 걸어 성당으로 행진하고 있습니다. 어른들은 그런 아이들의 행렬에 축하를 보내는가 하면 지금의 자신을 돌아보는 모습도 보입니다. 다시 맞는 새 시간, 저도 첫 영성체를 하던 날 했던 각오가 여전히 유효한지 살펴보았습니다. 많이 부끄럽군요. 그동안의 잘못을 고백하고 다시 각오를 다져야겠습니다.

🖋 사는 동안 참 많은 각오를 합니다. 그중에는 실행에 옮기지 못했기 때문에 예전의 것을 반복하는 것도 있습니다. 물론 각오한 것을 모두 실행하는 것은 어렵습니다. 더구나 목표한 것이 거대한 것이라면 처음부터 달성될 가능성이 낮을 수도 있지요. 때문에 무엇인가를 결심한다는 것은 나를 돌아보는 일이기도 합니다. 내가 할 수 있는 것과 없는 것을 구별할 수 있어야 합니다. 불가능은 없다는 말을 저는 믿지 않습니다. 격려의 말로는 멋있지만, 안 되는 것은 분명히 안 되는 것입니다. 물론 가장 나쁜 것은 각오조차 하지 않는 것이지요. 그대의 각오는 무엇인가요? ▦

필립 리처드 모리스 (Philip Richard Morris, 1836~1902) 🖋

영국 데번에서 태어났다. 주물공장을 운영하던 그의 아버지는 아들에게 사업을 물려주고자 그를 런던으로 보냈지만, 오히려 그곳에서 미술에 관심을 갖게 된다. 로열 아카데미에서 공부한 그는 장학금을 받아 2년간 이탈리아와 프랑스로 그림 여행을 다녀온다. 그의 작품 주제는 영국의 풍속이었고 특히 시골 생활의 묘사에 탁월했다. 한편으로는 바다 풍경에도 능했는데 말년에는 초상화까지 범위를 넓혔다.

마음

빌헬름 함메르쇠이

◇

햇빛
Sunbeams

Oil on canvas | 70×59cm | 1900

흑백조의 색상만 남아 있는 듯합니다. 사람도 가구도 보이지 않습니다. 텅 빈 고요가 이런 것일까요? 그렇다고 비어 있는 것도 아닙니다. 빛이 충만하거든요. 밖으로 나가는 문 바로 옆, 창을 통해 들어오는 햇빛이 아주 맑습니다. 흐릿하던 방 안의 모습은 햇빛으로 모든 것이 또렷합니다. 창을 통해 들어오는 빛은 사선으로 푸르게 빛나고 있고 바닥에는 창틀의 그림자가 또 다른 빛을 만들었습니다. '창을 사랑하는 것은 / 태양을 사랑한다는 말보다 / 눈부시지 않아 좋다'라는 김현승 시인처럼 저도 창이 좋습니다. 세계와 세계를 나눔과 동시에 하나로 만드는 것이기 때문입니다.

✒ 가득 채우는 것이 좋을 때도 있었습니다. 그때는 부족한 것에 대한 불만과 불안을 늘 동시에 가지고 있었습니다. 채워지지 않는 것에 미련을 쉽게 버릴 수는 없지만 그것에 계속 집착하는 것도 미련한 짓이었던 것 같습니다. 가득 채우기 위해 모두가 달려가는 세상에 어떻게 혼자만 멈출 수 있겠느냐고 말할 수 있지만 그런 것들이 세상을 살아가는 자기 주관인 것이지요. 다 채우고 나면 더 이상 채울 곳이 없으니까 그때 멈출 수 있다고요? 제가 아는 한 그 크기는 마음에 달려 있어서 한계가 없을 수도 있습니다. 거대한 그 주머니를 채우며 살아가기에 세상에는 소중한 것들이 너무 많지 않은가요?

빌헬름 함메르쇠이 (Vilhelm Hammershoi, 1864~1916)

덴마크 코펜하겐의 부유한 상인의 아들로 태어났다. 왕립미술학교에서 공부한 후 초상화가와 풍경화가로 경력을 시작했다. 덴마크 시골은 물론 영국과 네덜란드 등 여행을 자주 하며 그곳의 풍경을 담기도 했다. 조용하고 부끄러움을 탔던 그는 베르메르처럼 창을 통해 들어오는 빛과 그 앞에 선 여인이 있는 실내 풍경을 주로 그렸다. 평론가들은 '그의 그림에는 마법이 있다'는 평가를 내놓았다.

아서 해커

위험에 빠지다
In Jeopardy

Oil on canvas | 1902

갑자기 바람이라도 불었을까요? 손에 쥐었던 양산이 손을 벗어나 그만 시내에 빠지고 말았습니다. 일본풍 양산이니까 당시에 흔한 물건은 아닐 것 같은데, 상황이 아주 난감하게 되었습니다. 급한 마음에 물을 타고 흘러가는 우산을 쫓아 여인은 물가로 황급히 내려왔지만 치마를 움켜쥐고 바라보는 수밖에 달리 방법이 없습니다. 주위의 노란 꽃들은 흐드러졌고 고스란히 그 모습과 색을 담은 물은 여인의 타들어 가는 마음과는 상관없다는 듯 조용히 흐르고 있습니다. 그나저나 이 모습을 바라보고 있는 모자 쓴 아저씨, 좀 너무하군요. 깊지 않은 물이면 뛰어들어서 아가씨를 위해 양산 좀 건져 올리시죠!

✎ 돌아보면 사소한 것에 모든 것을 걸었던 적이 있습니다. 엉뚱한 자존심과 소소한 것에 대한 집착으로 더 소중한 것을 잃어버리곤 했지요. 물론 그것은 지금도 여전히 현재 진행 중인 것들이어서 극도로 조심하고 있지만 순간순간 그 사실을 잊어버리곤 합니다. 소중한 것과 소중하지 않은 것을 나누는 것은 쉬운 일이 아니라는 이야기도 들립니다. 저도 동의합니다. 그런데 그 기준 정도는 각자 마련할 수 있지 않을까요? 값이 많이 나가는 것이 아니라 마음에 담고 있는 것이 소중하다고 말씀드리면 동의할 수 있으신지요? 시가 적힌 30년이 넘은 엽서, 처음으로 산 LP 레코드, 고등학교 1학년 때의 일기장이 제게는 더없이 소중한 것들이거든요. 물론 '그대'도 포함이죠. ▨

아서 해커 (Arthur Hacker, 1858~1919) ✐

런던에서 판화가의 아들로 태어났다. 로열 아카데미에서 수학 후 파리로 건너가 레옹 보나에게서 배웠다. 귀국 후 풍속화와 역사화를 주로 그렸고 나중에는 초상화까지 범위를 넓혔다. 화풍도 외광파 기법을 사용했으나 나중에는 아카데믹 화법을, 말년에는 상징주의 기법까지 다양했다. 빅토리아 시대에 가장 다재다능한 화가라는 평가를 받았다.

마음

이발사
The Barber

Oil on canvas | 89×66cm | 1880

이 녀석아 움직이지 마! 할아버지 이발사의 말에 조금씩 움직이던 아이가 순간 몸을 바로 했지만 긴장한 표정이 또렷합니다. 그도 그럴 것이 도저히 머리 깎는 가위로는 보기 힘든 거대한 가위가 머리 위에서 서걱거리는 소리를 내고 있기 때문입니다. 한쪽 눈이 저절로 감기는 아슬아슬함을 혹시 아시나요? 그런 아이의 마음은 아랑곳하지 않고 할아버지 이발사의 입에는 슬며시 미소가 걸렸습니다. 아이의 표정과 몸짓을 잘 알고 있기 때문이지요. 생각해 보면 어렸을 때 이발소 가는 일은 가장 큰 고역 중 하나였습니다. 이발소 의자에 앉으면 잠이 쏟아졌거든요.

한 달에 한 번은 꼭 이발을 합니다. 학교 다닐 때는 장발이 유행이어서 어머니가 등을 떠밀어야 이발소에 가곤 했는데 사회생활을 시작한 이후에는 머리를 기를 용기도, 방법도 없었습니다. 그러다 보니 이제는 짧고 단정한 머리가 차라리 편해졌습니다. 문제는 흰머리가 늘면서 같이 시작한 머리 염색입니다. 아주 귀찮은 일이지요. 그래도 누군가에게는 젊어 보여야 하고 깔끔한 인상을 주어야 하기 때문에 귀찮음도 제 몫이 됩니다. 남에게 잘 보이기 위해서 한 달이면 적어도 한 번은 머리를 정리하는데, 내 자신의 마음을 정리하는 주기는 어떻게 되는 것일까요?

니콜라오스 기지스 (Nikolaos Gyzis, 1842~1901)

그리스의 티노 섬에서 태어났다. 아테네 아카데미에서 미술 공부를 끝낸 후 독일 뮌헨 아카데미에서 장학생으로 공부를 계속했다. 자연스러운 빛과 색상을 이용한 사실주의 기법은 당시 그리스 미술계에 큰 충격을 주었으며 19세기 그리스를 대표하는 화가가 되었다. 뮌헨 아카데미 교수로 재직 중 사망했고, 그리스 정부는 그의 업적을 기려 그리스 화폐에 그의 작품을 담았다.

쉼

할 수만 있다면 내 몸을 풍선처럼
부풀어 오르게 하는 곳을 정해 놓고 싶습니다.
그리고 그곳에 가끔 가고 싶습니다.

여인들이 나무가 있는 곳으로 다가가자 숲에 있는 지빠귀가 울기 시작했습니다. 자기 영역을 침범하는 상대를 요란한 울음소리로 경계하는, 대단히 목청 좋고 소란스러운 지빠귀 울음소리에 두 여인이 멈춰 섰습니다. 종아리를 간질이는 들풀의 느낌을 적당히 즐기며 숲길을 걸어왔던 여인들은 잠시 쉬는 자리도 찾을 겸 울음소리의 주인공이 어디에 있나 찾아보려고 이리저리 고개를 둘러보지만 찾을 수가 없습니다. 그도 그럴 것이 여인들을 향해 기울어진 나무와 퍼져 나가는 석양빛 속에 새의 지저귀는 소리를 섞어 놓았으니 알 수가 없지요. 그렇지만 여인들의 모습은 또렷합니다. 마치 여인들에게 초점을 맞추고 배경을 아웃포커스로 처리한 듯한 사진을 보는 것 같습니다.

    잠시 일상에서 벗어나 하루를 숲에서 머물 때가 있습니다. 그런 날은 저녁과 아침에 그동안 듣지 못했던 소리를 듣게 됩니다. 숲을 흔들며 지나가는 바람 소리를 들을 때도 있고, 아침이면 부산하게 나무를 옮겨 다니는 새들의 소리를 듣기도 합니다. 익숙하지는 않지만 기억 속에서 영원히 사라지지 않을 그런 소리에 귀를 기울이다 보면 몸을 힘들게 했던 쓸데없는 것들이 조금씩 사라지곤 합니다. 숲에 가서 귀를 기울이는 시간, 아까워할 일이 아닙니다. 생각해 보면 아주 오래전, 우리 모두는 숲에서 나왔다고 하던가요?

토마스 윌머 듀잉 (Thomas Wilmer Dewing, 1851~1938)

미국 매사추세츠에서 태어나 형의 도움으로 파리에서 유학했다. 여섯 살 연상이었던 아내 역시 화가였는데 그녀로부터 그림에 관한 많은 조언을 얻었다. 구성보다는 색에 중점을 두었고 관객의 심리적인 면에 호소하는 작품으로 많은 관심을 끌었는데 특히 관객들과 일정한 거리를 유지하는 그림 속 여인들은 자주 신비스러운 색의 조화와 톤으로 구성된 배경에 등장했다.

갈색 지빠귀
The Hermit Thrush

Oil on canvas | 88.1×117cm | 1890

파란색 블루보넷이 가득 피어 있는 밭 사이로 꼭 한 사람이 걸을 수 있을 만큼 작은 길이 열렸습니다. 이런 길을 빨리 가기는 어렵습니다. 천천히 좌우를 살피면서 걸어야 하기 때문이지요. 왜냐하면 조금이라도 잘못해서 블루보넷이 피어 있는 곳으로 들어가면 온몸이 블루보넷의 푸른색으로 물들 것 같기 때문입니다. 언덕 위에서 시작된 푸른 물결이 아득한 곳까지 흘러가고 있는 이런 꽃길을, 살아가는 동안 몇 번이나 만날 수 있고 또 걸어 볼 수 있을까요? 스스로 알아서 무리를 만들고 세상을 꾸며 가는 블루보넷 덕분에 동산에 오른 오늘 아침이 행복합니다.

✿ 곰배령에 올랐던 적이 있습니다. '천상의 화원'이라는 별명답게 고개 위에 펼쳐진 넓은 초원과 그곳에 피어 있는 꽃들은 벌겋게 달아오른 얼굴로 가쁜 숨을 몰아쉬며 고개를 올라온 사람들을 맞아 주었습니다. 그런 곱디고운 꽃들의 모습에 방문객들은 자신도 모르게 탄성을 질렀지요. 계곡을 넘어 불어오는 바람에 더운 몸을 맡기는 동안, 사람들 발길이 뜸했기 때문에 그 정도를 유지할 수 있었다는 설명이 들려왔습니다. 무엇인가를 지키기 위해서는 관심을 가져야 하고 그러기 위해서는 많이 보는 수밖에 없는데, 무엇을 어떻게 보느냐는 각자의 처지에 달린 것이지요. 자연을 지키는 발걸음과 파괴의 발걸음 사이에는 얼마나 많은 간극이 있는 것일까요? 그대와 함께 한 번 더 곰배령 들꽃들을 보고 싶습니다. ◆

로버트 줄리앙 언더덩크(Robert Julian Onderdonk, 1882~1922)

미국 텍사스 샌안토니오에서 화가의 아들로 태어났다. 아버지로부터 그림을 배운 그는 뉴욕에서 미술을 공부한 후 화가로 등단했다. 나중에 고향으로 돌아와 텍사스의 숨은 비경들을 그림에 담았는데 특히 그는 텍사스의 꽃, 블루보넷을 그의 작품을 통해 미국 전역에 알렸고 살아서는 '텍사스에서 가장 위대한 화가'라는 말을 들었다.

로버트 줄리앙 언더덩크

블루보넷 밭 사이의 길

Path through a Field of Bluebonnets

Oil on canvas | 63.5×76.2cm

바다는 하늘과 맞닿아 그 경계가 모호해졌습니다. 저녁 무렵 바닷가에 서면 만날 수 있는 풍경이지요. 모래밭은 이미 지나간 발자국들로 어지럽지만 다시 고요한 시간이 다가오고 있습니다. 해가 지면서 남은 빛은 산에도 걸리고 해변에도 내리고 모래 위를 가볍게 걷고 있는 여인들의 옷에도 남았습니다. 남아 있는 빛과 사라지는 빛을 한 화면 속에 이렇게 담아낸 화가의 기법이 참 대단합니다. 해변으로 조금씩 다가오는 잔물결 소리와 발에 밟히는 부드러운 모래 소리 그리고 여인들의 나지막한 말소리가 들려옵니다. "요즘 남편이 속을 썩여요. 좋은 방법 없을까요?" 그림 속 여인은 크로이어의 아내 마리와 크로이어의 친구였던 화가 미카엘의 아내 안나입니다. 안나도 화가였지요.

   몇 해 전 암스테르담으로부터 멀지 않은 해변 마을에서 며칠을 보낸 적이 있습니다. 북해에 맞닿아 있는 그곳은 아침부터 저녁까지 바다를 따라 천천히 걷는 사람들의 모습이 끊이지 않았습니다. 저도 그들처럼 신발을 어깨에 메고 맨발로 천천히 걸었습니다. 밀려온 물결이 발등을 간질이고 모래 속으로 숨는 순간, 참 자유롭다는 생각이 들었습니다. 비록 잠깐이었지만 그 순간만큼은 나를 옭아매고 있던 모든 것으로부터 풀려난 느낌이었지요. 그 뒤로 한동안 몸 전체가 팽팽해진 기분이 들었습니다. 할 수만 있다면 내 몸을 풍선처럼 부풀어 오르게 하는 곳들을 정해 놓고 싶습니다. 그리고 그곳에 가끔 가고 싶습니다. 그대에게도 그런 곳이 있나요?

페터 세베린 크로이어 (Peder Severin Kroyer, 1851~1909)

태어난 곳은 노르웨이였다. 그의 어머니가 정신병을 앓고 있어서 그를 키울 수 없자 코펜하겐에 있는 양부모 밑에서 자랐고, 왕립 코펜하겐 아카데미에서 미술을 공부했다. 파리와 이탈리아를 여행하면서 확실한 화가의 위치를 구축했으며 귀국 후에는 어촌 마을 스카겐에 자리 잡고 해변 풍경과 초상화를 그렸다. 매독 후유증으로 시력을 완전히 상실한 얼마 후 세상을 떠났다.

페터 세벌린 크로이어

스카겐에서의 산책
Promenade at Skagen

Oil on canvas | 100×150cm | 1893

좁은 골목길 위로 흰 구름이 가볍게 떠 있는 작은 하늘이 열렸습니다. 날씨가 흐렸으면 많이 답답했을 골목길에 맑고 투명한 햇빛이 가득 내려앉았습니다. 어디선가 들리는 하모니카 소리를 따라가 보니 벽에 기대 선 사내가 눈에 들어옵니다. 대낮 골목길에서 하모니카를 부는 사연이 궁금합니다. 등짐을 한 여인의 짧은 그림자와 하모니카 소리 그리고 바싹 건조된 낯선 이국의 골목길, 날은 이렇게 좋은데 왜 자꾸 슬퍼지는 거죠? 여인의 등짐에 내려앉은 햇빛이 오히려 삶의 무게를 더해주는 것 같아서일까요?

    영어에서 여행을 뜻하는 Travel은 고통을 뜻하는 Travail에서 나왔다는 이야기를 읽은 적이 있습니다. 몸과 마음이 피곤한 것도 있겠지만, 여행을 통해 익숙하지 않은 것을 익숙하게 만드는 것이 고통일 수 있겠다는 생각이 듭니다. 물론 어떻게 맞서느냐에 따라서 고통일 수도 있고 기쁨일 수도 있겠지요. 분명한 것은 그 과정을 통해 마음이 좀 더 깊어진다는 것입니다. 예전에 낯선 나라에서, 그것도 밤에 작은 골목길에서 길을 잃었을 때를 늘 기억하고 있습니다. 지금은 제대로 된 인생의 길도 툭하면 잃어버리곤 하는데 그것은 아무것도 아니었다고 말할 수 있는 것을 보면 그때 그 순간이 제게는 꽤 컸던 모양입니다. 혹시 떠날 계획이 있으신지요? 그렇다면 연락 주세요. 함께하고 싶습니다. ▨

알퐁스 드 뇌빌 (Alphonse de Neuville, 1835~1885)

프랑스 생토메르의 부유한 은행가 집안에서 태어났다. 본인은 군인이 되고 싶어 했고 부모는 법률을 전공시키고자 했다. 해군사관학교에 입학한 후 자신이 그림에 소질이 있다는 것을 알게 되었고 졸업 후 본격적인 화가의 길로 나섰다. 전쟁을 주제로 한 작품으로 유명했지만 『80일간의 세계 여행』과 『해저 2만 리』에 수록된 삽화를 그린 화가로도 유명했다.

알퐁스 드 뇌빌

오래된 마을의 골목길

Street in the old town

Oil on canvas | 1873

오카강을 건너는 배 위로 햇빛이 쏟아지고 있습니다. 수건으로 얼굴을 가린 여인도 있고 해를 등지고 있는 여인도 보입니다. 모두들 말없이 깊은 생각에 잠겨 있는 모습입니다. '삶이라는 것이 늘 이렇게 신산스러운 것일까? 이렇게 늘 반복되는 것일까?'와 같은 질문들이 여인들의 머릿속을 마구 휘젓고 있는지도 모르겠습니다. 그러나 맨 오른쪽 여인의 모습을 보다가 결코 어떤 것에도 포기하지는 않겠구나, 하는 생각이 들었습니다. 검붉게 익은 얼굴과 강을 바라보고 있는 자세에서 어떤 것에도 맞설 수 있을 것 같은 강인함을 보았기 때문입니다. 저 역시 오늘도 강을 건너면서 그림 속 여인보다 강한가? 하고 자문해 보았습니다. 배가 선창에 가까워지고 있습니다. 내릴 때가 되었지요. 자, 이제 다시 시작입니다.

   🔊 10년 가까이 살았던 동네에 인근에서 가장 크다는 재래시장이 있습니다. 아내와 함께 가끔 주말에 장을 보러 가면 두 가지 때문에 놀라곤 했습니다. 하나는 시장 골목을 가득 채우는 사람들 때문이었고, 두 번째는 상점을 운영하는 대부분 사람이 여성이라는 점이었습니다. 처음에는 작은 공간에서 시작했던 분들이 몇 년 뒤 더 넓은 곳으로 옮기는 모습도 볼 수 있었습니다. 거의 1년 내내 아침부터 저녁까지 노력한 대가였지요. 참 기분 좋은 일이었습니다. 시장에 갈 때마다 제가 얼마나 나태한지를 배우고 옵니다. 그대, 힘들 때 연락 주세요. 제가 기꺼이 그곳을 안내하겠습니다. 🔁

아브람 아르크니포프 (Abram Efimovich Arkhipov, 1862~1930) 🖋

러시아 남쪽 라잔이라는 외딴 마을에서 태어났다. 가난한 살림이었지만, 그의 부모는 미술에 재능 있는 그를 모스크바 종합 예술 아카데미에 입학시켰다. 풍속화를 주제로 작품 활동을 한 그는 이동파에 가입했고 이후 자신의 조국에 대한 열정을 담아 풍경화로 작품의 범위를 넓혔다. 소련 예술가 동맹에 가입했고 인민예술가 칭호를 받은 첫 번째 그룹의 한 사람이 되었다.

아브람 아르크니포프

오카강 위에서
On the Oka River

Oil on canvas | 40.8×76.5cm | 1889

출발을 앞둔 기차들로 생라자르 역이 소란스럽습니다. 흰 수증기를 내뿜고 서서히 몸을 달구고 있는 기관차가 있는가 하면 거친 숨소리와 함께 연기를 하늘로 내뿜으며 움직이기 시작하는 기차도 보입니다. 떠나고 돌아오는 기차역은 이별과 환영의 탄식과 탄성이 늘 가득한 곳이지요. 그래서 세상의 작은 축소판 같은 곳입니다. 같은 기차를 타고 떠나지만 그 기차 안에 있는 사람을 모두 알지는 못합니다. 물론 도착하는 기차도 마찬가지입니다. 많은 사람들이 모인 대합실에도 아는 사람은 몇 안 됩니다. 언젠가 저도 편한 복장으로 역에서 다시는 돌아오지 않는 기차에 오르겠지요. 홀가분하고 즐거운 기분이었으면 좋겠습니다.

기차 여행은 늘 즐겁습니다. 공간이 주는 쾌적함과 일정한 간격으로 다가오는 리듬에 몸을 맡기다 보면 몸도 마음도 느긋해지지요. 그런데 역을 출발할 때나 도착할 때가 되면 선로가 나뉘기도 하고 뭉치기도 합니다. 그럴 때마다 갈라진 곳을 타고 넘어가는 열차 바퀴의 진동이 전해져 옵니다. 열차 창밖으로 펼쳐지는 철로들은 엇갈리지만 각자의 목적지는 정해져 있습니다. 어쩌면 우리 사는 것도 그것과 비슷하지 않을까 싶습니다. 가던 길이 여러 갈래로 나뉘기도 하고 합해지기도 하지만 마지막에는 가야 할 길이 분명해지거든요. 잠깐의 덜컹거림은 점차 가는 길이 명확해지고 있다는 뜻입니다. 혹시 기차 여행 좋아하세요?

루이 아벨 트뤼셰 (Louis Abel-Truchet, 1857~1918)

프랑스 베르사유에서 태어났다. 르페브르에게서 그림을 배운 그는 19세기가 끝나 가는 파리의 풍경을 주제로 작품을 제작했는데 카페, 극장, 가게와 멋진 패션의 파리지앵을 그림에 담았다. 에칭화가와 석판화가로도 활동했던 그는 쉰일곱의 나이에 1차 세계대전이 일어나자 자원입대해서 부대를 지휘한다. 전쟁이 끝나기 몇 달 전, 군 복무 중에 세상을 떠난 그는 화가이기 전에 진정한 프랑스인이었다.

루이 아벨 트뤼세

생라자르 역
The Station of St.Lazare

Oil on canvas

일요일 오전, 머리를 감은 여인들이 옥상에 모여 따사로운 햇볕과 적당히 부는 바람에 젖은 머리를 맡겼습니다. 도시를 지나온 바람은 여인들의 머리를 부드럽게 쓰다듬기도 하고 줄에 걸린 빨래들을 흔들다 사라지고 있습니다. 바람에 몸을 맡긴 사람도 빨래도 모두 즐거운 시간입니다. 사는 것이 풍요로워 보이는 여인들은 아니지만 건강해 보입니다. 머리를 뒤로 한껏 넘기는 여인의 표정과 자세에서 젊은 꿈들이 일요일 햇빛을 받으며 익어 가는 것을 봅니다. 여인들의 웃음소리와 채 마르지 않은 머리카락에서 흘러나오는 비누 향이 바람을 타고 저에게 건너오고 있습니다. 볕 좋은 옥상의 빨랫줄에 나란히 걸려 축축해진 몸과 마음을 말리면 어떨까 싶은데, 생각이 있으신지요?

　　젊다는 것의 가장 큰 장점은 지치지 않는 힘이 아닐까 싶습니다. 삶의 현장에서 패배하는 순간이 그렇지 않은 순간보다 훨씬 많은 일상이지만, 다음 날 아침이면 다시 시작할 수 있는 힘 같은 것 말입니다. 그런 힘이 시간이 지나면 조금씩 연륜이라는 것으로 바뀝니다. 그래서 나이 든 사람에게 마르지 않는 힘을 기대하기 어려운 것처럼 젊은 사람에게 노련함을 기대할 수 없습니다. 그렇다면 나이에 어울리는 것들을 잊어서는 안 될 것 같은데, 무엇이 있을까요? 말은 이렇게 하지만 그것을 찾는 일이 여전히 제게는 어렵습니다. 혹시 당신이 추천하고 싶은 것은 어떤 것인가요?

존 슬론(John French Sloan, 1871~1951)

펜실베이니아 주 록 헤이븐에서 태어났다. 십 대에 아버지 대신 서점 직원으로 일하면서 가장 노릇을 했다. 그때 독학으로 배운 에칭은 상당한 수준이어서 판매 수량이 제법 되었다고 한다. 뉴욕의 미술 학교 야간반에서 공부한 그는 뉴욕의 풍속과 창문을 통해 바라본 이웃의 모습을 그림에 담았다. 훗날 아트 스튜던트 리그에서 학생들에게 존경받는 교수가 되었다.

일요일, 머리 말리는 여인들

Sunday, Women Drying Their Hair

Oil on canvas | 66.4×81.6cm | 1912

저녁 6시, 해가 지고 난 뒤 푸른 하늘이 점차 검은색으로 덮이고 있습니다. 바쁘게 돌아갈 곳을 향해 걷는 사람들 위로 사람을 가득 실은 기차가 긴 꼬리를 가진 짐승의 모습처럼 멈춰 서 있습니다. 사람들의 표정에는 피곤함과 또 다른 들뜸이 동시에 자리 잡고 있습니다. 겨울의 저녁 6시, 바람은 차갑지만 귀찮은 것들로부터 더는 시달리지 않아도 되는 시간입니다. 끝내 놓아 주지 않는 일들이 간혹 금요일 저녁 늦게까지 혹은 토요일까지 집요하게 따라 붙을 때도 있지만 금요일 저녁 6시는 머리와 몸이 한없이 물러지기 시작하는 시간입니다. 매일이 금요일 저녁만 같았으면 하고 상상해 봅니다. 생각해 보면 치열했기 때문에 금요일 저녁이 좋은 것이겠지요.

🦋 가끔 처음 하느님께서 6일 만에 천지를 창조하셨기에 얼마나 다행인지 모르겠다는 농담을 합니다. 만약 30일쯤 걸리셨다면 우리는 한 달에 한 번밖에 못 쉬었겠지요. 휴식은 온 힘을 다한 후에 다음을 준비하는 시간입니다. 때문에 최선을 다한 시간이 있고 난 다음에 맞는 휴식이 가장 달콤합니다. 김유선 시인의 '가족'이라는 시에 이런 대목이 나옵니다. '한 번도 말한 적이 없지만 / 그가 현관문을 들어설 때 / 우리들은 안다 / 그의 옷을 털면 / 열두 번도 더 넘어졌을 바람이 / 뚝뚝 눈물처럼 떨어진다.' 이번 주, 몇 번이나 넘어지셨는지요? 늘 휴식이 달콤한 일상이었으면 좋겠습니다. 🔲

존 슬론

겨울, 저녁 6시
Six o'clock, winter

Oil on canvas | 1912

작은 시내 옆을 따라 꽃밭이 열렸습니다. 마가목 꽃이 핀 것을 보니 5월이나 6월쯤이겠군요. 봄꽃과 여름 꽃이 시새워 피는 시기여서 어디를 가도 꽃을 만날 수 있을 때입니다. 키 큰 꽃들 아래 작은 흰 꽃들이 별처럼 흩뿌려져 있고 초록 풀밭은 하늘을 가득 담은 물 앞에서 발을 멈췄습니다. 하늘보다 더 푸른 물과 노란 꽃의 대비가 상큼합니다. 그 너머 넓게 펼쳐진 초원도 평화롭습니다. 사는 데 정신이 없어 늘 아스팔트 길 위만 달리다 보니 잊고 산 것들이 많습니다. 흐드러지게 핀 들꽃을 보기 위해 인공적으로 만들어진 곳을 찾아가야 하는 지금의 생활 양태가 맞는 것인지 알 수 없지만, 이렇게라도 그림 속에서 풍경을 만날 수 있어 다행입니다.

🐾　길을 걷는다는 것은 두 발로 대지를 밀고 나가는 것입니다. 때문에 생각이 간단해지고 집중하기가 쉽습니다. 그래서인지 과학자나 철학자, 음악가 중에는 산책을 좋아했던 사람이 많았지요. 얼마 전 지인이 두 발이 땅에서 떨어지는 순간 사람은 아프기 시작한다는 말을 했습니다. 처음에는 정말일까? 했는데 그 말을 곱씹어 볼수록 맞는 말이었습니다. 아프면 눕게 되고 발바닥은 허공을 향하게 되거든요. 걷는 속도에 따라 시간도 그에 따라 흐른다는 생각이 듭니다. 늘 마음이 급한 요즘, 시간이 천천히 흐르게 할 수 있는 방법은 두 발로 천천히 걷는 것입니다. 같이 걸어 보실까요? 🖼

아르케디 릴로프 (Arkady Alexandrovich Rylov, 1870~1939) 🖋

1902년부터 자연에 더 가까이 다가가기 위해 매년 여름이면 보르네시라는 곳을 찾았다. 아침 일찍 그리고 오후와 저녁, 늦은 밤에도 숲이나 강둑에 앉아 동물들과 새, 곤충을 관찰했고, 숲 근처에 자리 잡은 그의 화실은 숲에 사는 동물들의 놀이터였다. 토끼나 다람쥐, 새들이 그의 화실을 드나들었고, 그는 그 동물들에게 모이를 주곤 했는데 동물들은 그를 무서워하지 않았다고 한다.

아르케디 릴로프

야생 마가목
Wild Rowan

Oil on canvas | 1922

호수에 닿을 듯 회색 구름이 낮게 내려앉았습니다. 산과 산 사이에서 피어오르는 구름을 보니 얼마 전 비가 훑고 지나간 모양입니다. 잔잔한 호수 위로 건초더미를 잔뜩 실은 배가 미끄러지듯 흘러가고 있습니다. 유화지만 느낌은 동양화를 보는 듯합니다. 정물처럼 앉은 사람과 회색의 풍경들 때문이겠지요. 엄마와 아이들은 배 앞에 앉았고, 아버지는 배 뒤편에 앉아 우두커니 배가 지나온 길을 바라보고 있습니다. 앞날은 아이들의 것이며 아버지는 그것을 뒤에서 받쳐 주는 역할이라는 것이 여기서도 보이는 것 같습니다.

   ❧   휴가나 연휴를 앞두면 머릿속이 바빠집니다. 지도를 힐끗 거리기도 하고 인터넷을 뒤적거리기도 합니다. 잠시 쉬어야 한다는 신호인 것이지요. 평소에 바쁘지 않다면, 내가 하고 싶은 것을 늘 하고 산다면 휴일이라는 것이 그렇게 기다려지지는 않을 것입니다. 마음의 소리에 귀를 기울여야 할 때가 있습니다. 굳이 멀리 가지 않아도, 내가 하고 싶은 것을 할 수 있는 곳이면 어디든 좋습니다. 잠시 머리에, 가슴에 나를 위한 것을 담는 것들이 꽤 효능이 오래가는 삶의 영양제가 되더군요. 영양제, 많이 가지고 계신가요? ✑

한스 구데 (Hans Gude, 1825~1903) ✒

자신이 졸업한 뒤셀도르프 아카데미의 풍경화 담당 교수가 된다. 그러나 당시에는 풍경화가 초상화에 비해 천대를 받았기 때문에 배우겠다는 학생도 급여도 적었다. 강의와 공부, 회의 등 중노동에 가까운 업무가 계속되자 구데는 건강을 이유로 사직서를 제출한다. 그러자 아카데미는 새로운 조건을 제시했고, 이후 구데는 큰 집을 구입하고 5년간 더 교수로 재직한다. 문제는 건강이 아니라 급여였다.

한스 구데

발레스트란에서 본 풍경
View from Balestrand

Oil on paper | 20.4×47.2cm

벌컥, 하고 문이 열리는 순간 빛이 한 가득 방 안으로 밀려들어 왔습니다. 가만히 보니 빛만 들어온 것이 아니군요. 소녀의 웃음이 들어왔고 집 안을 늘 기웃거리던 꽃들이 그림자를 앞세워 들어올 준비를 하고 있습니다. 이렇게 환한 미소를 본 것이 언제였을까요? 저랑 산책하실래요? 맑은 하늘을 닮은 소녀의 입에서 흘러나오는 말에 하던 일을 휙 던져 버리고 의자에서 벌떡 일어났습니다. 그럼요, 같이 가시죠! 뜨거운 날씨만 아니라면 이 소녀와 함께 반나절은 너끈하게 걸을 수 있을 것 같습니다. 무슨 이야기를 준비해야 할까, 문을 나서기도 전에 마음이 바빠지기 시작했습니다.

🐚 봄가을 맑은 날, 숲길이나 논둑길을 걸어 본 기억이 있나요? 부드러운 바람과 햇살을 받으며 등에 살짝 땀이 밸 정도로 천천히 걷다 보면 그동안 볼 수 없었던 것들을 만납니다. 길섶에 납작하게 엎드려 있는 풀꽃, 긴 허리를 바람에 맡겨 놓은 키 큰 꽃과 여린 나뭇가지와 같은 것들은 평소에는 얼굴을 맞대기 힘든 것들이지요. 세상 어느 곳에도 생명이 있는 것을 잘 알고 있지만, 그것을 느끼는 순간은 그렇게 많지 않습니다. 그런 것들을 보는 순간, 살아가는 힘은 두 배가 되곤 합니다. 괜찮으시다면 저와 함께 잠시 걸어 보시겠습니까? 노래 몇 곡 정도는 제가 준비하겠습니다. 🎸

◇ **윌리엄 헨리 마겟슨**(William Henry Margetson, 1861~1940) 🖋

영국 런던에서 태어났다. 로열 아카데미에서 그림을 공부한 후 삽화가로서 경력을 시작했다. 나중에는 아름다운 여인들을 주제로 한 인물화를 주로 그렸는데 그의 작품 속 여인들의 특징은 비교적 짧은 머리에 모자를 들고 있거나 쓰고 있는 모습이었다. 독특한 취미를 가지고 있었던 마겟슨은 정원사이자 항해사로도 활동했다.

윌리엄 헨리 마겟슨

오두막 입구
At the cottage door

Oil on canvas | 93×61.3cm | 1900